이걸 내 마음이라고 하자
황인찬 시집

문학동네시인선 194 황인찬

이걸 내 마음이라고 하자

시인의 말

(당신이 먹으려던 자두는
당신이 먹었습니다)

(이야기는 그렇게 시작됩니다)

2023년 6월
황인찬

차례

1부

당신에게 이 말을 전함

당신에게 이 말을 전함

나머지 이야기는 내일 하자
학교에서 봐

학교를 안 갔어

일단 전철을 탔고
시를 벗어났어

다들 학교도 안 가고 회사도 안 가고
뭐하는 걸까

나에게는 변명이 많았지
현장학습을 하러 가는 날이에요
집에 급한 일이 생겼어요

아무도 내게 말을 걸진 않았지만

전철은 달렸어
사람들은 고개를 숙이고 있었고

창밖으로 보이는 작은 건물들
강물에 반사되는 빛

기관사가 차내에 계신 분들께 알리는 소리
다들 대답을 하진 않았지만

나도 사람에게 할말은 없었어

왼쪽은 창문 오른쪽은 문

기억 속 교실은 하나같이
왼쪽은 창문 오른쪽은 문

너는 항상 왼쪽 창가
그 너머가 빛

머리가 큰 천사가 둥둥 떠 있고
미사일과 운석이 격돌하는 장면

그런 장면은 내 기억엔 없지만
왼쪽은 창문 오른쪽은 문

그러나 이런 기억은 있었다

교실 뒷문을 반쯤 연 채
창가에 앉은 너를 하염없이 쳐다만 보던 날
빛을 받은 너의 목덜미가 너무 하얘서 혼자 놀랐던

그것이 나의 처음이었고

당신의 시에는 현실이 없군요
현실에는 당신이 없는데요

창밖으로 보이는 것은 그냥 흰 빛뿐이지만
그 이상이 없다는 것은 이미 잘 알지만

   왼쪽은 창문 오른쪽은 문
   죽은 사람이나 왼쪽으로 걷는 거라고 누가 소리지르고 있
었다

밝은 방

사실 나는 유령이 보인다 지금 네 옆에는 할머니의 유령이 서 있고 그 뒤로는 개의 유령이 떠다닌다

그렇게 말하면 너는 믿을까

사진사는 말한다 눈을 크게 뜨라고 하지만 나는 대답한다 이게 다 뜬 거예요

눈을 다 뜨면 너무 많은 것들이 보이니까

조금 전 놀이터에 묻고 온 새가 거실을 날아다니고, 유령이 등에 업힌 줄도 모르는 친구와 만나고, 그곳에는 놀이터가 없다는 말을 듣기도 한다

저기 멀리서 인사하는 것이
사람인지 아닌지 알아보기란 항상 어렵고

때로 네가 내게 말을 거는 때도 있다 자기가 유령인 줄도 모르고
아직도 나를 사랑한다고 믿고 있다

너를 데리러 온 천사들이 공중을 선회한다 잠시 눈을 감으면 모든 것이 사라지겠지

(눈을 감은 분이 있어서 다시 찍을게요)

사진사는 말한다 눈을 크게 뜨라고 하지만 나는 대답했지
더는 뜰 수 없어요

죽은 새가
네 입속에서 날아오를 준비를 하고 있다

이미지 사진

아름다움 하나
나무의자 둘

잠시 찾아와서 내려앉는 빛

이 장면은 폐기되었고

이해하자 좋은 마음으로 그런 거잖아 하나
서양 난 화분이 쓰러진 모양이 둘

　너는 그런 걸 어떻게 다 기억하니(다 날아가고 눈 코 입만
남은 사진 그것이 아름답다고 생각했던 날들의 기억)

　사진관에 모이는 것으로 마음을 남기던 시절의 기억 속으
로 내려오는 저녁이 하나 휘어지는 빛이 둘

　(이 순간을 어떤 영화에서 본 것만 같다고 잠시 느꼈을
때, 그것이 어떤 시절에만 가능한 착각이라는 점을 뒤늦게
알아차리고 나서의 부끄러움)

　죽은 아름다움 하나
　부서진 나무 의자 다섯

자꾸 뭘 기억하려고 그래(여전히 떠나지 않고 남아 있는
빛) 예전에는 이렇게 많이들 날려서 찍었지?

(작은 강의실이 젊은 옛날 사람들로 가득하다 이미지가
무슨 말을 하고 싶어하는지 귀를 기울이세요 말하는 사람과
이미지인데 왜 귀를 기울여요 말하는 사람)

웃으세요
친구끼리 왜 그렇게 멀쩍이 서 있어요

그 말을 듣고 그냥 웃는 사람의 얼굴이 하나
웃음기가 사라진 얼굴의 사라짐

그 장면은 경험하지 않은 것으로 하고

빛이 들어가면 다 상하니까
어둡고 서늘한 곳에 보관하세요

불 꺼진 실내에 웅크리고 앉은 빛

그 해 구하기

여름빛과 함께
새 한 마리가 집에 들어온 것이다

그는 새가 들어와 무섭다며 야단이고
새는 온 집안을 종종거린다
무엇인가를 찾는 것처럼

그러나 새가 무엇인가를 찾는 일은 없다
그저 여기저기 들쑤실 뿐
그때마다 그는 소리를 질렀고

창문은 모두 닫혀 있는데 어디로 들어왔을까
그렇게 생각하며 온 창문을 활짝 열었다

새가 스스로 나가기를 바라며

그러나 새는 떠나지 않았고
그가 울기 직전의 얼굴로 나를 보고 있었다

그후로 새는 여기서 오래 살았다

아무것도 찾지 않으면서 무엇인가를 찾는 것처럼 자꾸 집
안을 들쑤시면서

그가 떠나고
활짝 열린 창을 보면서도

새는 아무것도 찾지 않았다

인간의 기쁨

잔디밭을 줄지어 걷는 오리들이 있고,
그것은 인간의 기쁨이다

그것이 인간의 슬픔이다

아이는 슬픔이란 빗물에 발이 젖는데 집으로 돌아갈 수 없
는 것이라 말한다
선생님은 대답 대신 그냥 웃었고

오리들은 자꾸 흙을 들쑤신다 무엇인가 있다는 양
꽁지깃도 세우고 엉덩이도 흔들고

아이는 집으로 돌아가지 않을 것이라 생각한다

오리들은 물위에 떠 있다 흙은 그냥 파헤쳐진 채로 있다

마음

너는 멀리 떠나기로 결심했다 한 번도 가본 적 없는 곳으로 그러나 주말이 끝나기 전에 돌아올 수 있을 정도로만 먼 곳으로

가서는 제철 음식을 먹기로 했다 초봄에 어울리는 여리고 어린 쑥과 향기로운 더덕, 살이 오른 어류들, 평소에 좋아한다고 생각하지만 사실은 많이 먹어본 적 없는 것들을 너는 떠올렸다

너는 인적 없는 바다의 아름다움에 감탄할 마음을 먹고 있었다 한국에도 이런 곳이 있다는 데 놀라며 자연이 만들어내는 아름다움에 새삼 감탄하며 기뻐할 준비가 되어 있었다

기쁨은 이렇게
사건이 일어나기 전에도 찾아온다

멀리 떠난 너는 죽음을 생각하며 눈을 감았다 눈을 감은 너는 죽지 않았다는 사실을 깨달으며 숨을 쉬었다 여전히 두 사람이라는 사실을 알게 된 너는 주말이 끝나기 전에 집으로 돌아갔다

슬픔은 바닥을 뒹구는 깨진 유리병 사이에 앉아 돌아올 너를 상상하고 있었다

받아쓰기

바다 쓰기가 뭐냐고 묻는 사람이 있었다

"이거 삼십 년 전 필름인데 인화할 수 있나요?"
"뽑아봐야 알 것 같은데요"

사진관에 앉아 기다리는데 그런 말이 들려왔다
나는 바다를 쓰는 일이 무엇인지 생각해보지만

"이 사람 멋있네요"
"죽었어요"

겨울 바다는 너무 적막해서 아무것도 받아 적을 말이 없
었다 바닷바람은 자꾸 뭐라고 떠드는데 이해할 수 없었고

받아쓰기요
받아쓰기

매년 바다가 넓어진다고 했다

"이 사람은 누구 동생인데 죽었어요"

나는 흰 벽을 뒤로 두고 사진을 찍고 있었다

턱을 당기세요 이쪽을 보세요 미소, 아주 조금만요
지시를 따르며 가만히 앉아 있었다

"나는 죽은 사람이 웃고 있으면 너무 이상해"

터지는 소리가 나고
빛이 보이고

화면 위로 보이는 얼굴은 모르는 사람

바다를 어떻게 써요
왜 쓰는데요

바닷가에서 그런 말을 들은 것 같았다
겨울 바다 위를 물새들이 돌고 있었고

"조금 돌아갔어요 이 사진은 안 되겠는데요"
그런 말을 들었다

아는 사람은 다 아는

양산보는 스승인 조광조가 유배되었을 때, 세상의 뜻을
버리고 고향으로 돌아가 소쇄원을 짓고 거기 은거하였다

소쇄원은 한국의 민간 정원 가운데 최고로 꼽히고 있다
(이상 소쇄원에서 휴대폰으로 소쇄원을 검색해본 결과)

아름다움 어렵네
정말 그렇네

오래된 건물이 서 있고 그 주변으로
작은 물이 흐르고

대나무숲은 사시사철 푸르고 그런 것이
아름다움이라니

모르긴 몰라도
아는 사람은 다 알아보겠지

소쇄원에 우리가 함께 갔다면 우리는 서로의 사진을 몇
장 찍고
함께 찍기도 했을 것이다

꽃과 나무 같은 것도 몇 장 찍었다면, 그때 우리는 남는

것은 사진뿐이야 그런 말을 주워섬기며 사진을 찍었을 것이고, 다른 사람들도 그러고 있었을 것이다

그때는 지나고 보면 그 모든 것이 아름답게 느껴지리라 생각을 했을 것이다

그게 이 시대의 아름다움이겠지
그런 생각도 했을 것이다

사진 속에 남아 고정되고 기억 속에서 영원히 반복되는 이미지들 사랑한다고 생각하며 사랑하고 너무 좋다고 생각하며 너무 좋아하면서

언젠가 누군가와 남도의 풍경에 대해 이야기할 때 거기 정말 좋았어요 아주 인상적이었어요

말하게 되는 그 순간에
아름다움이 만들어지는 것이겠지

나는 너와 소쇄원의 오래된 건물 사이를 걸었을 것이다 나무에 매달린 꽃들에 렌즈를 가까이 들이밀며 소쇄원이 보이지 않는 사진을 찍었을 것이고

너무 작아서 오래 걸을 것도
오래 볼 것도 없는 곳에서

우리에게 남는 것은 무엇일까 몇 장의 사진들 말고
기록된 사실 말고

그런 생각을 하면서

남는 것은 사진뿐이라는 말이
정말 맞는 말이라고 생각했을 것이다

데스 드랍

버스 타고 일하러 가는 길
사람 없는 가로수길을 보며

내 삶이 저거였으면 좋겠다
생각을 했네

맑고 밝은 여름 저녁
소나기라도 떨어지면 좋을 터인데

기사가 버스를 세우고 말한다

"차가 고장이 났어요. 여기서 내리시면 다른 차가 모시
러 올 겁니다"

그새 비가 쏟아져서 사람들은 내릴 수 없다고 하네

무령

"아, 저 키스는 좀⋯⋯"

그런 말을 듣고 그냥 밖으로 나왔습니다
저녁의 거리가 눈앞에 펼쳐집니다

크리스마스는 어디에나 빛이 많고 사람이 많고 현실감이
없군요

누가 자꾸 성냥을 사라거나
갑자기 세 명의 유령을 만난다거나

사랑하는 사람들이 손을 잡고 걸을 수 있다거나⋯⋯

믿을 수 없는 일들만 일어나는 이것이
크리스마스의 기적이군요

이제는 눈까지 내리고 있습니다

그러나 갈 곳은 없고
집에는 나를 기다리는 어둠뿐입니다

연말연시 어려운 이들을 잊지 말자는 목소리들
거리의 빈 곳을 채우는 눈송이들

모두 두고 집으로 돌아갑니다
나를 기다리는 어둠이 나를 반기겠지요

따뜻한 옷을 입히고 배불리 먹일 겁니다

그래도 키스는 해줄 수 없다고
돌아가는 길에 잠시 생각했습니다

흰 배처럼 텅 비어

과육이 희고 물이 많은 배였습니다 식탁 위에 올라와 있었어요 누가 깎아놓은 것인지는 모르겠지만 먹었습니다 무슨 외국 시에서 그랬던 것처럼 메모를 따로 남겨두지는 않았습니다 빈 접시는 그대로 두었습니다

처음 보는 유령이 찾아와 누가 배를 먹었느냐 물었습니다 저는 아주 먼 곳을 가리켰고 유령은 그곳으로 떠나갑니다 뒤집어쓰고 있던 흰 테이블보만 남아 있습니다 빈 접시는 아직 그대로입니다

그후로 아무것도 먹지 못했습니다 오늘은 날이 매우 좋습니다 태양은 배처럼 둥글고 백색, 인적 없는 거리는 평화로운 고요 속에 있습니다 뚝 뚝 무엇인가 떨어지는 소리만 나고 인생은 그렇게 영문을 모르는 채로 멈추기도 하는 것입니다

과육이 희고 물이 많은 배는 어디서 온 것이었을까요 세월이 흘러 다시 만난 유령은 한층 어두운 얼굴로 그렇게 물었습니다

산비둘기

산비둘기 두 마리가 정다운 마음으로 서로 사랑을 했는데
그다음은 차마 말씀드릴 수가 없다고 장 콕토는 말했지 유
리왕은 꾀꼬리 두 마리를 보며 자신이 혼자라는 생각을 했고

사람들은 새를 보면 무슨 생각이 나나봐
이건 네가 했던 말이다

그런데 새는 우는 거야 노래하는 거야? 그거야 듣는 사
람 마음이지 그럼 지저귀는 건 뭔데? 그건 그냥 짖는다는
말이잖아

새들이 많이 사는 부자 동네였고 주말 오전의 빛과 고요함
을 독점했다는 생각에 우리는 조금 들떠 있었다

지나가는 사람을 보면서는 저 사람도 부자일까
괜히 말해보다가
부자 동네는 산과 가깝네 그런 말도 하다가
정신을 차려보니 어느새 산의 초입

저거 꿩이야?

나무 위에 앉은 산비둘기를 가리키며 네가 물어서
그렇다고 답해주었다

고요의 풍속은 영

강을 봅니다
함께입니다

강을 보는 동안에는 강물이 흘러간다고 생각했습니다
그러나 사진 속에서는 그럴 수 없지요

사진 구석을 잘 보면 가마우지가 하나
부리에 걸려 있는 사람의 손이 하나

그런 현실은 없지요

함께 강을 봅니다
강은 한국의 강이고, 남해로 흘러갈 것입니다(사진이라
멈춰 있습니다)

"배고프지 않아?"
"응, 안 고파"

한국어의 부정의문문은 쓰면서도 항상 헷갈리지요
국립박물관은 어둡고 넓습니다 어둠은 물처럼 고이고 또
흘러 흘러

식당 테이블 아래

두 사람의 발 근처에 모입니다

배가 안 고파도 밥을 먹는 것이 현대의 어둠이라는 말은
아닙니다만…… 한 사람은 역사적 유물을 본떠 만든 아치교
의 난간에 걸터앉아 있고

다른 한 사람은 그것을 휴대폰으로 찍고 있습니다

그런 사진을 감상한 기억을 떠올리면서
두 사람은 밥을 먹습니다

밥은 어둠 속으로 넘어가고, 어둠과 물이 함께 흐릅니다
역사도 흐릅니다 아름다운 이 땅에 금수강산에

강물은 흘러 흘러 남해로 가고
모든 것은 그렇게 사진 속에 고정되어 있고

그래도 강물은 흘러간다고 생각했습니다

인화

그는 저녁을 먹다 말고 여름 계곡의 물소리가 듣고 싶다고 했다 거기에도 음악이 있다나

지난여름, 우리는 계곡의 한가운데 있었다

계곡물로 차가워진 수박과 웃고 떠드는 아이들, 여름의 빛과 근교 유원지의 나른한 소란스러움 따위로 가득한 곳

거기서 우리는 그 여름의 마지막 수박을 갈랐다
그러자 쩍 소리와 함께 시커먼 속이 보였다

그것은 믿을 수 없을 정도로 달고 시원했지만 그다음 일은 잘 기억나지 않는다 산속의 밤이 어두웠고 반딧불의 흐린 빛은 물위를 떠돌다 곧 사라졌다는 것만이 기억날 뿐

지금도 그날을 생각하면 수박의 시커먼 속에
희고 작은 빛이 어른거리는 장면만 떠오른다

그런데 그 수박은 뭐였을까? 그가 질문을 꺼내자 설명할 수 없는 침묵이 그날의 저녁을 가득 채우기 시작했다

그후로 우리의 삶은 결코 해명되지 않는 작은 비밀을 끌어안은 채로 계속된다

잠들기 전 끝없이 이어지는 생각의 끝에도
무심코 올려다본 하늘이 너무 아름다워 놀라는 순간에도

그 여름은 뭐였을까, 자꾸 생각하게 되고

우리의 생활은 여름밤의 반딧불이 점멸하다 사라지는 것
처럼 갑작스럽게 끝나게 된다

장미는 눈도 없이

장미가 화병에 꽂히기로 결심했으므로
화병에 장미 한 다발이 있을 것이다

일주일이 지나면 온 집안에 썩은 내가 가득할 것이다

나는 너에게 왜 꽃을 버리지 않느냐고 묻겠지
너는 대답하지 않을 것이다

한 달이 지나면 장미는 완전히 마르고
너는 이 집에 없을 것이다

꽃은 묘지에도 있고
사랑하는 사람들 사이에도 있는 법인데

화병에 장미 한 다발이 있을 것이다
목이 꺾인 채로 말라버리기로 되어 있는 장미들

나는 너에게 장미 한 다발을 준다
그것이 장미의 결심이라고 믿으면서

공자의 겨울 산

멀고먼 등산을 떠나는 사람들 높은 곳에 올라야 보이는 것
이 있어요 등산에서만 얻을 수 있는 보람이 있어요 선생의
말을 들으며 우리는 떠났고

나는 조난되었다
겨울 산은 새 울음소리만 간간이 들려온다

학부생 시절, 인자한 사람은 산에서 조난되고, 지혜로운
사람은 바다에서 표류한다는 것이 공자의 뜻이라던 선생의
농담에 모두가 웃던 강의실의 풍경

정신을 차려보면 일행이 하나씩 없어지는 그런 영화
내려가도 내려가도 사람이 가지 않는 길

뻐꾹채꽃 키가 없어지는 그런 고산은 아니지만, 첩첩산중
첩첩이 피는 잎에 눈 비비며 우는 뻐꾸기도 없지만

겨울 산은 저녁이 급히 찾아오고
어둠이 내리면 산은 얼굴을 바꾸며 계속 깊어지고

산행을 마치면 탁주와 도토리묵을 먹어요
산에서 다 배우는 거예요

산을 오른 시간보다 더 오래 내려가도 산이 끝나지 않는
것이 조난의 놀라움이군요 시를 벗어나 다른 곳에서 나를 발
견한 사람은 여기 사람이 죽어 있다고 크게 외쳤다고 한다

내가 노래를 관뒤도

여기 아직 사람 있어요

중학생 때, 불 꺼진 엘리베이터 안에서 소리를 질러도 아
무도 대답하지 않았다

여기서 벗어나면
오래도록 웃을 수 있는 이야기가 되겠지
아무것도 보이지 않는 어둠 속에서도 그런 생각을 했고

그러나 기다려도 찾아오는 사람은 없었다

퇴근하는 길
사람으로 가득한 차량

이제 와서 외치거나 하지는 않지
사람이 있다거나 없다거나

그러나 열차가 어둠 속을 달릴 때 차창에 비치는 얼굴들
왜 다 웃고 있는지

미래 빌리기

안경이 어디 갔느냐고 선생님은 온종일 요란을 떨고 그런
선생님을 보는 나의 마음은 늪의 바닥에 던져진 돌처럼 느
리게 가라앉는다

저 사람이 내 미래의 사랑이라니

밤 열두시에 화장실에서 칼을 물고 앉아 거울을 보면 미
래의 사랑이 보인다 내가 지난겨울 삶을 그만두기로 결심한
것은 거기서 선생님을 보았기 때문

누군지 모르지만 미안합니다 나는 안경이 없으면 아무것
도 볼 수가 없어요 선생님은 나를 보며 떠들고 나는 괜찮다
고 한다

안경이 없어도 수업은 평소와 다름이 없네
다들 선생님을 보며 그런 생각을 하고

삶을 그만두기로 결심하고도 삶은 달라지지 않네
선생님을 보며 내가 떠올린 생각은 교실의 바닥에 고이고
썩어 물처럼 흐르고 있었다

집으로 돌아가는 길에는 안경을 밟고 버렸다
사랑은 지옥이네, 그런 생각도 하면서

2부
당신 영혼의 소실

빛의 용사 전설

너무 슬퍼서 차라리 봉인되고 싶은 마음이 드는 날에는
영혼을 찾는 여행을 떠나는 것이다

물에 잠긴 마을을 지나고
벼락이 두 번 떨어진 나무의 언덕을 넘으면

네가 없는 세계

"선생님, 애 또 혼자 중얼거려요"

불과 어둠
대장간과 경험

탄식의 계곡에서
사흘 밤낮을 싸우던 시절의 기억

그곳에도 너는 없었고

깊은 밤 불가에 앉으면 차분해지던 마음과
뜨거워지는 얼굴

방학이 끝날 즈음에야 겨우 끝마친
아주 긴 여행이었지

하지만 영혼을 찾을 수는 없었다 긴 여행 끝에 얻어낸 소
중한 추억이 너의 영혼이 되는 거야

콧수염을 만지며 말하는 사람이 있을 수도 있지만

"야, 수업 다 끝났어"

그래도 이야기는 끝나지 않았다

살아 있는 자의 마음속에 있는 죽음의 육체적 불가
능성*

눈이 펑펑 내리네요
장독대에는 눈이 쌓여 있고요

산수유가 붉어요
어디선가 본 듯한 그런 장면입니다

저는 이미지 속에서 메주를 쑵니다

강아지 발자국은 어지럽게 흩어져 있고
사람은 보이지 않는 세계

그런 풍경을 아름답다고 믿는 사람이 심상의 바깥에 놓
여 있습니다

마당은 백색
나무도 백색

담벼락 안쪽은 모든 것이 하얗군요 개는 안 보여도 개 짖
는 소리는 들리는 그런 세계에서

눈은 내리고 콩은 뜨고 이미지가 붉게 익어갑니다
메주에는 소복이 눈이 쌓이고

겨울이 가면 봄이 올 겁니다
그가 돌아오면 직접 담근 장으로 저녁을 차려줄 겁니다

맛있게 먹겠지요
장독대 속에 무엇이 들었는지도 모르는 채로

그리고 눈은 영원히 내립니다
미래는 여전히 땅속에 묻혀 있습니다

이 모든 것이 하나의 이미지로 고착되어 이어지겠지요

* 데미언 허스트, 1991.

당신 영혼의 소실

〈당신은 지금 죽었습니다
약간의 경험치와 소지금을 잃었습니다〉

밥을 먹고 있는데
그런 메시지가 어디 떠오른 것 같다

스테이터스, 그렇게 외쳐도 무슨 창이 허공에 떠오른다거
나 로그아웃, 이라고 말한다고 진정한 현실 세계로 돌아간
다거나 하지는 않았지만……

식탁 위에는 일인분의 양식이 있고
창밖으로는 신이 연산해낸 물리 법칙에 따라 나무들이 흔
들리고 있었다

그때 너는 분갈이를 해야 한다며
거실에 앉아 식물의 뿌리와 씨름을 하고 있었는데

(이미 구면인 신이 찾아와 내게 말을 건다

〈이것이 당신의 영혼입니다〉
—작군요

〈이것이 당신의 슬픔입니다〉

—없는데요

〈그것이 당신의 슬픔이군요〉

……잠시간의 침묵
그리고 나무들의 흔들림이 멈춘다)

회상이 끝나면 어느새 너는 없고 너무 커서 부담스러운
고무나무 한 그루가 거실 창가 한 귀퉁이를 차지하고 있다

이 나무에는 너의 영혼이 깃들었고
이것을 잘 가꾸면 언젠가 네가 열매 맺힐 것이라 믿으며

나는 잘살고 있다
딱히 네가 죽은 것은 아니었지만

〈당신은 지금 죽었습니다〉

다시 내 머리 위 어디쯤
메시지가 떠오른 것만 같았고

—부활은 안 할게요
그렇게 말해도 들어주는 사람은 없었다

발명

사람이 많아서 춥지 않은 밤이었어요
다들 종이 치기를 기다렸어요

폭죽을 하늘 위로 쏘아올린 사람

서로 사랑하는 사람
그냥 좀 외로운 사람

휴거가 올 것이라 믿으며 모두에게 외치는 사람

그런 사람들이 모두 모여 타종을 기다리는 것이
겨울의 풍물시

이제는 볼 수 없는 풍경입니다

"진짜로 내년이 안 오면 어쩌지"

그때 입김을 뱉으며 그애가 말했고
어찌저찌 내년이 오긴 했습니다만

"종을 치는 사람은 이제 없어요"
"그럼 모든 것이 다 종쳤나요"

다 망해버려서 망한 농담마저 웃기게 되어버린 날들이군요
사람이 사라진 지금도 타종의 풍습은 남아

인간 아닌 것들이 모여
종을 칩니다

서로 사랑하고
또 누구는 그냥 좀 외롭고 여전히 그렇군요

비인류의 세계에도 풍물은 있고
의외로 다들 변함이 없군요

거기까지 생각하니 마음이 놓였습니다

단속과 정복

교문 앞에 학생들이 늘어서 있었다 교복을 입고 복장을
검사받고 있었다

너는 바지가 좁아요 너는 머리가 길어요
아이들은 하염없이 줄을 서 있고

교복을 줄인 적도 없는 내가 겁을 먹고 있었다

어떤 애들은 통과하고 어떤 애들은 남아 무릎을 꿇고 여름
아침의 빛이 너무 뜨거워서 아이들은 땀을 흘리고

지금은 찾아보기 어려운 풍경이군요
그때에는 그랬군요

다들 부유하던 신도시 중학교를 다닐 때, 나 혼자 중소기
업 교복을 입어서 나 혼자 부끄러웠던 기억도 있군요

날 때부터 머리가 갈색이었어요
원래 이랬어요

선생님은 듣고 그냥 웃었다
지금도 경찰이 지나가는 것을 보면 덜컥 겁이 난다

잃어버린 정신을 찾아서

비 내리는 숲입니다
1.들짐승 2.살인자 3.귀신 4.아는 사람
어둠 속에서 고개를 내민 것이 당신을 설명합니다

너는 대뜸 그렇게 말했지
우리가 함께 비 내리는 숲을 걷고 있던 때였다

진짜로 뭐가 나오면 어떻게 하느냐는 나의 말에
그럼 그게 너를 설명하는 거지 뭐
너는 또 그렇게 말하고

밤은 깊어가고 비는 자꾸 내렸다 우리는 작은 빛에 의지
하여 어둠 속을 걷고 또 걸었고

이곳이 추락 직전의 비행기라면 버려야 할 것은 1.몸 2.마
음 3.영혼 4.과거 가운데 하나이고, 또 우리는 뱀과 새와 원
숭이를 데리고 사막을 건너야만 한다는 식의 이야기를 나
누며

아무것도 해명되지 않는다는 것을 알고 있으므로
그저 웃으며

어둠 속을 걷던 그런 날도 있었지

아직 내가 너에게 말하지 않은 것은
그때 어둠 속에서 내가 무엇인가를 보았으며

그것이 이후의 삶을 완전히 바꾸었다는 것이고,

그 비밀이 영원히 비 내리는 숲의 가장 어두운 곳에 묻혀
있다는 것이다

음애

아침에 눈을 뜨고 동네를 거닐다가 이르게 핀 꽃을 보았
는데 그것이 오래 살지는 못할 것이 보여 애통하였다 점심
에 사촌 내외가 찾아와 함께 식사하였는데 아이가 복통을
일으켜 황급히 병원에 갔다 저녁에는 오래도록 기다려왔으
나 사놓고 읽지 못한 책을 읽었는데 결국 다 읽지 않고 그
만두기로 하였다

꿈에서는 기쁜 얼굴로 웃는 사람을 보았는데 그것이 누구
인지 생각나지 않아 곤란하였다 아침에 눈을 뜨고 동네를
돌다가 전날 본 꽃의 이름이 무엇인지 생각났는데 꽃은 보
이지 않았다 집으로 돌아가니 치우지 않은 책상이 보여 그
것을 정리했다 점심을 거르고 저녁을 배불리 먹었고, 상하
기 직전의 키위를 꺼내어 잘라먹었다

종종 마당에 빛이 내려와 한동안 머물다 떠났다 자주 슬
픔을 느꼈으나 까닭이 떠오르지 않았다

우주 세기의 돌돌이

(누군가의 이름은 김수한무부터 시작되고
강아지는 돌돌이에서 끝나며

너는 하염없이 물레를 돌리고 있다
죽음을 미루겠다고

이름이 길면 오래 산다거나, 조상 시체가 묻힌 자리에 따
라 길흉이 갈린다거나, 별의 위치로 미래를 읽는다거나

그런 미신을 우주 세기에도 다 믿느냐고
이름이 외자인 사람은 어떡하느냐고 너는 웃으며 말했
는데

"하지만 꿈이 너무 안 좋았어"
이제는 창밖의 우주처럼 어둡고 쓸쓸한 얼굴

네가 그렇게 말할 때, 함선이 초장거리 아광속 항행에 들
어간다는 내비게이터의 고지가 들려왔다)

여기까지가 지난밤 네가 꿨던 꿈

지금 너는 나의 낡은 침대에 돌돌이(너의 개 이름)와 함
께 누워 잠들어 있다

돌돌이가 한 마리
돌돌이가 두 마리

꿈속에서 네가 물레를 돌릴 때마다

끝없는 이름을 가진 돌돌이가
끝없이 늘어나고

우주 세기는 아니어도
창밖으로 펼쳐진 밤하늘에는 오래전 사라진 무수한 별들
이 빛나고 있었고

너의 이름은 무엇이어야만 했을까
생각하면서

생각하지 않으면서

먼 곳에서 이름 모를 개가 누군가를 부르는 소리를 가만
히 듣고 있었다

봄의 반

　나는 천변을 걷는다 천변에는 철쭉이 가득 피었고 나는
저 꽃을 너에게 줄까 생각하다 그만둔다 나는 천변을 걷는
다 나는 네가 봄볕 아래서 자지러지게 웃던 것을 생각한다
나는 그때가 어디 갔는지 모른다 나는 천변을 걷는다 개 한
마리가 이쪽을 쳐다보다 떠나갔다 사람 하나가 이쪽을 여전
히 보고 있다 나는 천변을 걷는다 나는 하천 가운데 서 있
는 새의 이름이 왜가리라는 것을 떠올린다 새는 두 마리 나
는 그것을 보고 무엇인가를 은유하려다 그만둔다 나는 천
변을 걷는다 나는 볕이 간지러워 그러니 물어도 네가 웃기
만 하던 것을 생각하다 그만둔다 나는 천변을 걷는다 천변
을 따라 봄날이 영원히 이어지고 있다 나는 산책을 그만둔
다 이 봄의 반절을 떼어 너에게 주기 위해 "저기요, 거기 들
어가시면 안 돼요 빨리 나오세요" 두 마리의 새가 날아간다
은유와는 무관하게

개완

테이블 위의 다기에는 흰 수국이 그려져 있었다

시계는 정오에 가까웠고
애들이 곧 돌아올 텐데 그는 떠나지 않는다

자신을 믿어달라고
모두를 위한 일이라고 했다

찻잔 위로 피어오르던 김은
흔들리다 곧 흩어진다

나는 문이 잠시 열렸다가 닫히는 것을 보았다

퇴적해안

기억할 수 있는 가장 오래된 것은
어릴 적 보았던 새하얀 눈밭

살면서 가장 슬펐던 때는 아끼던 개가 떠나기 전
서로의 눈이 잠시 마주치던 순간

지루한 장마철, 장화를 처음 신고 웅덩이에 마음껏 발을
내딛던 날, 그때의 안심되는 흥분감이나

가족들과 함께 아무것도 아닌 농담에 서로 한참을 웃던 날
을 무심코 떠올릴 때 혼자 짓는 미소 같은 것들

사소하고 작은 것들이 쌓이고 쌓여서
그런 것들에 떠밀려 여기까지 왔다는 생각을 하게 되는

평범한 주말의 오후
거실 한구석에는 아끼던 개가 엎드려 자기 밥을 기다리
고 있었다

엄마, 얘가 왜 여기 있어 그럼 지금까지 다 꿈이야?

그렇게 물었을 때,
집에는 아무도 없었고 개만 엎드려 있었다

바깥에는 눈이 내린다

나는 개에게 밥을 주고 오래도록 개를 쓰다듬었다

호프는 독일어지만 호프집은 한국어다

꿈을 꾸니 이승훈 선생이 앉아 있었다 선생님 장례식에 가질 못해 죄송해요 군에 있느라 그랬어요 선생은 멸치가 어디 있느냐고 묻는다 마른안주에는 멸치가 있어야 하는데 그게 없군 선생의 장례식장은 선생이 주인이다 하지만 선생님 여기 과일도 드셔보셔요

그날도 선생은 멸치를 찾았다 어느 저녁 진흥아파트(선생님 사시던 곳) 단지 내의 호프집에서 선생은 맥주를 마셨다 시는 더 멀리 나가야 해 노인들은 나가는 게 무서운가봐 선생은 개가 나오는 내 시 이야기를 했다 젊은 친구가 내가 쓸 것 같은 시를 썼어 그곳에도 멸치는 없었다

인사동 어느 술집에도 멸치가 없었다 일행이던 신동옥 시인이 멸치를 사러 밖으로 나갔는데 한참을 돌아오지 않았다 이것은 이승훈 선생의 시 「모든 게 잘 되어간다」에 적힌 일 나는 처음에는 그 시를 읽고도 거기서 말하는 동옥이 신동옥 시인을 가리키는 줄을 몰랐다 하지만 이 모든 것은 내 착각이고 둘이 다른 인물이라는 경우도 있겠지

그러나 여전히 꿈속이다 멸치도 없고 선생도 없고 선생의 장례식장에서 선생의 장례식장에 가지 못해 죄송하다 선생에게 거듭 사과하고 선생은 여전히 멸치를 찾고 있다 이런 일은 꿈속에서나 가능하다 아니면 시에서나 이 모든 일은

다 시에 적힌 일이다

  멸치도 없이 맥주를 다 마시고 선생은 흥이 나셨는지 강
남역까지 배웅을 나왔다 괜찮아요 선생님 아무리 말해도 아
냐 괜찮아 선생은 그후로 며칠을 앓아누웠다고 한다 그게
선생을 처음이자 마지막으로 뵌 것이었고 이후로 다시는 뵙
지 못했다

감시자는 누가 감시하나

미행이 붙었으므로 집에 돌아가선 안 된다
오늘은 그런 설정으로 밖을 헤맨다

정글짐은 나의 기지인데 기밀성이 부족한 것이 흠이다 동
료 요원 K가 이미 그곳에 있었다 그도 자신의 임무를 수행
하고 있었으리라

통행 차량 적음 날씨 흐림 비상식량 고갈
모든 상황은 최악이다

그러나 우리는 임무에 목숨을 거는 요원들이라는 설정이
다 지나가는 이들 가운데 누가 조직의 동료고 누가 기관의
말단인지 확인한다 어느 누구도 상호작용 가능한 등장인물
은 아니지만⋯⋯

어느새 하늘은 어두워진다 흘러가는 저녁에 마음을 기대
고 그저 눈감고 싶은 고독은 없다

K는 이미 조직의 부름에 끌려갔다

인이어와 상태창을 통해 들어오는 모든 정보가 나의 상황
이 한계에 달했음을 말해준다
그러나 집에 돌아가서는 안 된다

갈 곳 없는 새들이 저 하늘 위를 오가고 있다

그런 설정으로 새들은 내 머리 위에 떠 있고
이 고독 또한 설정에 불과하다

공중의 새를 보라 심지도 않고 거두지도 않고

옆집 감나무에는 아기 머리통만한 감들이 주렁주렁 매달려 있었습니다

누가 키웠을까 사람도 살지 않는데 산책하다 무심코 한 말에 저걸 누가 키워 알아서 자라는 거지 그가 말했습니다

담장 위로 나란히 앉은 새들은 정답게 울고 겨울을 맞아 잔뜩 털이 올랐네요
과연 그렇군요 다 알아서 자라는 것이군요

언덕길 경사를 따라 햇빛 떨어지는 오래된 동네
새들이 햇살 아래 자주 웃고 떠든다는 생각

살기 좋은 동네 같아, 그것은 우리가 이곳에 떠밀려오던 날, 이삿짐을 풀며 그가 했던 말

그런 말을 듣고 보면
왠지 정말 그렇게 될 거라는 생각이 들지요

인적 없는 집에도 감은 열리고
삶도 사랑도 그렇게 근거 없이 계속되는 것입니다

가만히 있어도 내일은 오고

때때로 눈도 비도 내리겠지요

우리는 이 동네로 떠밀려왔고, 어느새 짐을 풀고 있었을
뿐이지만

깨어도 꿈결 속아도 꿈결
꿈이 아니라는 것이 정말 큰 문제입니다

그리고 시간이 흘러 우리가 늙었을 때,
조용하고 아름다운 이 동네에서 곱게 늙은 두 노인이 되
었을 때

심지도 거두지도 않고, 누구에게 해 끼치는 일도 없이 계
속되어온 그저 선량한 우리 삶이 마무리되어가고 있었습
니다

그리하여 사람의 마음이 깊어가는 가을

밤마다 옆집에서는 잘 익은 감들이 하나둘 떨어졌고
그때마다 사람 머리통 깨지는 소리가 들려왔습니다

철거비계

이야기를 들려줘

어떻게 서로 다른 두 사람이
사랑에 빠지게 되었는지

눈 내리는 겨울밤, 쏟아지는 눈을 보며 차가워진 두 손을
마주 잡았을 때,

한쪽 어깨에 머리를 기댄 사람이 누구였는지
그때 웃으면서 한 말이 무엇이었는지

다 말해줘
빠짐없이 들려줘

(무대에는 슬픔을 모르는 사람이 서 있다 그 사람은 슬픔
을 연기하고 있다)

이 이야기는 이제 끝없이
새롭게 시작되는 이야기니까

어떤 이야기는 오래도록 반복되어 사실이 되니까
또 어떤 사실은 이야기가 되어 영원히 남겨질 테니까

양치 컵을 한 손에 들고 반쯤 감은 눈으로도, 좋은 날씨
속에서 함께 손을 잡고 걷다가도, 흰 쌀밥을 씹고 있다가도

계속 말해줘
남김없이 알려줘

(모노드라마는 독백과 방백, 침묵으로 이루어진다 그런데
독백과 방백을 어떻게 구분할 수 있지?)

가장 미워하는 것과 가장 부끄러운 것에 대해서
갑자기 떠오르는 아무것도 아닌 생각에 대해서

지금 손에 든 물건에 대해서
살면서 먹어본 가장 맛있는 음식에 대해서

더는 말할 것이 남지 않을 때까지 말해줘
기억나지 않는 것까지 다 이야기해줘

(조명이 꺼지며 공연은 끝나지만 저녁에 다시 공연은 오
른다 슬픔을 모르는 사람은 그때에도 슬픔을 모른다)

사랑이 끝나고 삶이 다 멈추면
이제 내가 말할 차례가 온다

금과 은

금은 침묵이고 은은 웅변
돌은 사랑한다고 말하고 싶다

서소문역사공원에도 돌은 있고
사람들은 이곳에서 산책을 하거나 기도를 한다

나는 돌을 찾는다

"과거에 이곳은 처형장이었습니다
한국 최대의 가톨릭 순교 성지이기도 하죠"

공원을 걷는 사람이 말을 하고
또다른 사람은 침묵한다

선생님은 상상하거나 예측하지 말고 그저 받아들이라고
말한다 그것이 나의 강박에 도움이 될 것이라고도 했다

(하지만 한밤중 그와 함께 산에 들어갔던 날, 모든 것이
뒤섞여 아무것도 구분할 수 없는 어둠 속에서 아무 일도 일
어나지 않았을 때

돌은 정말 입을 열기 직전이었다
그 돌을 찾아야 한다)

어떤 돌은 자신에게 금을 긋는 일에 빠져들기도 하고
또 어떤 돌에는 남해금산 푸른 바닷물에 잠긴 사람이 남
아 있다는데

"저건 순교자를 기리는 탑이에요
저건 망나니가 칼을 씻던 우물이고요"

그는 나를 보며 울기 직전이다
왜 말을 하지 않느냐고 자꾸 말한다

어두워진 공원에 조명이 들어오고
여전히 어두운 공원이다

나는 돌을 찾는다
어디에나 돌이 있다는 것이 나의 문제다

드워핑

"숨을 멈추세요
가능하면 오 분 이상요"

(나는 말을 잘 듣는 편이다)

나무 하나가 너무 크게 자라 마당이 다 뒤집혔는데 나무를
없애는 것보다 집을 없애는 게 쉽다고 한다 포크레인이 들
어올 수도 없으니 그냥 나무와 살아가라고 한다

(그런 말들을 들은 적은 없다 누구도 내게 말을 하지 않기
때문이다 그러나 다들 말을 하지 않았을 뿐이다)

"가능하면 말씀을 안 하시는 게 좋겠어요"

어느 날 스님이 찾아와 이 집에서 귀한 인물이 태어날 것
이니 이름을 바꾸고 매일 기도를 올리라고 했다 이 집에는
나 혼자만 살고 있었지만 그렇게 했다

(분재의 기본은 생장을 억제하는 것이다 영양과 물을 통
제하여 왜화를 촉진하는 것이다 그것은 식물 학대가 아니냐
고 누군가 묻는다 식물이 고통을 느끼는지 당신이 증명할
수 있다면 그것에 대답할 수 있다고 누군가 말한다)

잘하는 일은 혼자 가만히 있기 잘하는 일을 평생 할 수 있
다니 그것이 당신의 기쁨이겠군요(오 분은 이미 지난 것 같
다)

역사는 밤에 이루어진다

한밤중에 친구가 갑자기 연인이 너무 보고 싶더래 그래서 연인에게는 아무 말도 없이 다짜고짜 연인이 사는 곳엘 찾아갔대

그래서 거기서 뭘 본 건데?

너는 이상한 질문을 하는구나, 연인이 사는 곳에 갔으니 연인을 봤겠지 무슨 괴담도 아니고 귀신이라도 나왔겠니 하지만 친구는 봐야 할 것을 보지 못했다고 했어

(머나먼 곳까지 문학기행을 온 우리는 잠들지 못하고 해야 할 말도 찾지 못했으므로 이야기를 시작했다 잘 알지도 못하고 사실 궁금하지도 않은 일들에 대한 이야기를)

밤은 깊어가고 친구는 무슨 말이든 꺼내야겠다 싶었는데 이상하게 말이 안 나왔대 연인도 별말 않고 영화나 봤다나 친구는 불쑥 찾아간 게 미안해져서 가만히 영화만 봤고

영화는 무슨 영화였는데?

그게 중요하니? 그건 나도 모르지 내가 거기 있던 것도 아니고 아무튼 영화가 다 끝나고 연인이 갑자기 돌아누워서 잠들어버렸대 같이 누워 있던 친구도 그걸 보고 벙해져서는

곧 따라 잠들었대

　그런데 이불이 처음 보는 이불이었대 그게 너무 포근하
고 좋더래 머리를 대자마자 잠이 들었고 너무 깊이 잠들어
서 깨고 보니 자기 집이었대 그러니까 그게 다 꿈이었단 얘
기지

　그게 끝이야?
　대체 이게 무슨 이야긴데

　(문학기행의 밤은 깊어가고 이미 눈감은 사람이 많았다
살아남은 사람은 모두 고개를 들고 서로를 확인해주세요)

　그러나 대답을 하는 사람은 아무도 없었고 텅 빈 방에는
홀로 목소리만 떠돌고 있었다

증오

표기에 오류가 있었어요
여기 표기가 표고라고 되어 있어요

사무실에서 선생님이 내게 말한다

이런, 정말 그렇군요
나는 표고를 표기로 고친다

대체 뭐가 문제인 걸까요?
선생님이 묻지만 나는 그냥 머리만 긁는다

역시 영혼일까요?

 정오가 지나면 점심시간도 끝이 난다 그렇다면 이제는 다
시 일해야 한다

 나는 회사를 나와 오류동 집으로 돌아간다

하해

"저기요, 죽지 마세요"

누가 내게 그런 말을 했다 마포대교를 걷다 가만히 멈춰
서 있을 때였다

그때 나는 수면에 반사되는 빛이 너무 아름다워서 뭔가 잘
못됐다는 생각을 하고 있었다 그게 아름다움이 싫다는 말
은 아니었지만

"왜 아름답지?"

그건 네가 해안 절벽에 돌기둥이 서 있는 풍경을 보며 한
말이었다

돌기둥을 보고
사람을 기다리다 돌이 된 사람이라고 생각한 사람의 마음
은 무엇이었을까

나는 그렇게 말하지 않았고

"정말 사람 같네"
내 말에 너는 대답하지 않았다

한강은 서쪽을 향해 흐르고 있다

죽지 말라는 말을 한 사람은 저기 멀리 걸어가고 있었고

미술관에 갔어

하늘은 에메랄드빛
마음은 잿빛

주말의 어둠을 짊어진 아이들이 줄 서서 대화하고 있다

—죽고 싶다는 생각은 일주일에 한 번만 하자
—왜?
—건강을 위해서

(잠시간의 침묵)

점점 줄이 줄어들었고 그 줄의 끝에는 아이들의 어둠이 손
을 흔들며 서 있었다

미술관 안에서는 사진을 찍을 수 없으므로
아무것도 기록될 수 없다

밖으로 나와서는
건강을 위해 허리를 폈다

중계

머그잔에 얼음을 담았고
거기 커피를 내렸습니다

쩍 하고 얼음이 깨지는 소리가 납니다

바깥은 분홍빛 하늘
어제도 그제도 봤지만 매일 놀라는 마음입니다

요즘은 휴거가 제철입니다
창밖을 내다보면

아이와 놀던 엄마가 혼자 들려올라간다거나
산책나간 사람이 돌아오지 않아 찾으러 나온 사람들이 늘
었다거나

봄날 저녁의 풍경입니다

너는 웃으면서 이곳을 보고 있습니다
저녁 하늘을 배경으로 반투명 처리가 되었군요

플레이한 적도 없는 게임의 엔딩 장면을 보는 것 같습니다

그러나 이제는 모두 익숙한 일입니다

작은 영혼마저 수차례의 죽음 끝에 너덜너덜해진 것이 작
금의 처지

 퇴근 후 봄날 저녁 커피 한 잔의 여유 같은 것만이
저의 작은 위안입니다

 쩍 하고 얼음이 깨지는 소리

 커피는 검고 그 맛은 물에 한없이 가깝습니다

할머니가 나오는 꿈

　어두운 미술관에서 도자기로 만든 나무를 보고 있었는데 까맣게 잊고 지내던 사람이 찾아와 미안하다고 말했다 그러자 나는 크게 화를 내며 꿈에서 깨어났는데, 꿈속의 내가 그 일을 평생 잊지 못한 사람처럼 느껴졌으므로, 죽을 때까지 그 일을 기억하게 되었다

이걸 내 마음이라고 하자

눈을 뜨자 사람으로 가득한 강당이었고 사람들이 내 앞
에 모여 있었다 녹음기를 들고 지금 심경이 어떠시냐고 묻
고 있었다

사람들은 자꾸 말을 하라고 하고 그러나 나에게는 할말이
없어요 심경도 없어요 하늘 아래 흔들리고 물을 마시며 자
라나는 토끼풀 같은 삶을 살아온걸요

눈을 다시 뜨니 바람 부는 절벽 위에서 아래를 내려다보
고 있었다 지금 뛰어내리셔야 합니다 지금요 더 늦을 순 없
어요 자칫하면 모두가 위험해져요

무서워서 가만히 서 있는데 누가 나를 밀었고

눈을 뜨면 익숙한 천장, 눈을 뜨면 혼자 가는 먼 집, 눈
을 뜨면 영원히 반복되는 꿈속에 갇힌 사람의 꿈을 꾸고 있
었고

그러나 어디에도 마음 둘 곳이 없군
애당초 마음도 없지만

눈을 뜨니 토끼풀 하나가 자신이 토끼인 줄 알고 머리를
긁고 있었네

좋아, 이걸 내 마음이라고 하자

3부

당신의 어둠이 당신의 존재와 반대 방향으로 기울어지는
군요

잃어버린 시간을 찾아서

(이 시는 겨울과 비, 아무도 없는 거실 등을 중심 이미지로 삼고, 여러 사람과 마음을 나누며 살아가는 일에 대해 이야기한다. 모든 슬프고 외로운 자들이 함께 모여 축하할 일 없는 서로를 축하하는 장면으로 이 시는 끝난다. 약간의 쓸쓸함과 후련함이 시가 떠난 자리에 남는다.)

……비가 많이 내려 발이 다 젖었습니다

겨울비가 이렇게 많이 내리는 것은 처음 있는 일 티브이에서는 모두가 그런 말을 하고 있군요

코트와 패딩으로 몸을 감싼 사람들이 바쁘게 뛰어다녔습니다 우산도 없이 비를 맞는 사람투성이였습니다 그 사이를 헤쳐가며 마침내

포장을 뜯고 나온 빛

기뻐합니다

식전에는 슬픔을 모르는 사람들을 위해 기도했습니다 기쁨을 모르는 사람들을 위해 묵상했습니다 밖에서는 눈보다도 먼저 비가 세차게 쏟아집니다

돌아온 거실은 따뜻하고 아름답네요
돌아온 사람은 아무도 없습니다

티브이는 혼자 떠들고 있습니다 사상 최대의 비와 휩쓸리
고 얼어버린 사람들, 도움의 손길과 기도의 목소리들……

실내의 훈기로 발이 다 말랐습니다
발이 마르면 슬픔이 찾아오는군요

오늘도 하나 배웠습니다

그런 기쁨을 뚫고
누가 창을 두드리네요

빗소리입니다

누가 문을 세게 두드립니다
빗소리입니다

눈보다도 먼저 겨울에 비가 내린 것은 김춘수의 시에서의
일, 다들 서로를 축하하며 떠났고 아주 긴 시간이 흘렀습니
다 저는 여기 영원히 남아 있습니다

바지를 입은 사람은 바지를 입고 떠난다

퇴근하고 집에 누워 쉬고 있는데 갑자기 누가 방에서 나와 당신 누구냐고 물으면 어떻게 답해야 하나 내 집에서 나가라고 하면 어떻게 하나

여름 저녁의 거리가 너무 밝아서 몸 숨길 곳이 없으면 어디로 가야 하나 모르는 개가 여길 보고 짖으면 어떤 표정을 지어야 하나

홀로 걷던 천변의 풍경이 무심코 아름답게 느껴지면 어떻게 해야 하나 세상이 이토록 아름다운데 이 내 몸 누일 곳이 없다면 어째야 하나

산책 나온 사람들 가운데 아는 사람이 있다면 인사를 해야 하나 산책중이시냐 물으면 그렇다고 답해야 하나 알긴 아는데 누군지 기억이 나질 않는다면 어떻게 하나

세계의 밤이 오고 늘어선 집들에 불이 켜지면 어떻게 해야 하나 여름밤 물가의 한기가 뼛속까지 파고들기 시작하는데 반팔 티셔츠 한 장뿐이라면 어떻게 하나

속절없이 집에 돌아가니 따스한 밥이 기다리고 있다면 어떻게 해야 하나 갑자기 모든 것에 고맙다는 생각이 들면 어쩌나

방에서 나온 모르는 사람이 내 등을 두들기며 사랑한다
말하는데 나도 그를 사랑한다는 생각이 들면 어째야 하나

벽해

어쩌나 침실 구석에서 벌집이 발견되면

그런데 벌이 보이지 않으면 어쩌나

돌아온 집엔 아무도 없고
모처럼 죽지 않고 살기로 결심했는데

다 꿈이면 어쩌나
꿈이 아니라면 정말 어쩌나

주인 없는 벌집은 둥근 구멍이 바글거리고 누군가 썹고 뱉
은 것들로 만들어진 세계에서
나는 침대에 눕는다

잠들었을 때 벌이 나오면
벌이 나오지 않으면

죽고 싶다는 마음도 사라져버리고
죽이고 싶다는 마음도 희박해졌는데

텅 빈 벌집만 혼자 여기 있으면

이 모든 것이 은유가 아니라면

꿈조차 아니라면

어쩌나

침대에 누웠더니 깜빡 잠이 들었다 눈을 뜨니 어두운 밤
그러다 눈뜬 채로 아침이 왔고

꿈이 없어서 꿈에서 깨지도 못하는 삶이

어쩌나

덜컹거리는 문이 자기 혼자 그러는 것이라면
인과가 깨진 것이라면

하지만 사실 누군가 문을 두드리는데 나만 그걸 볼 수 없
는 것이라면

이제 와서 어쩌나

쓸쓸해 보이시네요
그렇게 자기 얼굴을 보며 혼잣말을 하는 사람의 얼굴로

나는 천장에 비치는 빛을 헤아리고 있었다

공원을 떠났어

사람이 적은 공원의 오후입니다 우리는 식사를 마치고 가볍게 걸었는데 이상하게 그날은 빛이 많다고 느껴지는 날이었어요

이상한 것은 우리가 이 장면을 한 시간 전에 보았다는 생각을 했다는 것이고, 우리가 같은 생각을 했다는 사실을 서로의 목소리를 통해 확인했다는 사실입니다

"이거 아까 본 거 아냐?"

동시에 튀어나오는 목소리와 함께 퍼지고 넓어지는 오후와 함께 손에서 목줄을 놓은 사람과 함께 달려나가는 개와 함께 날아가는 새들과 함께 모든 것이 순간 고정된 것만 같습니다

그것은 아까 본 장면이 아니군요
사람이 적은 공원의 오후 우리는 그 한순간을 영원히 잊지 못하리라고 잠시 생각합니다

그리고 공원을 떠나며 그 생각을 잊습니다

겨울빛

그해 가장 추웠던 날, 운동장에서 공놀이를 하던 아이들

마을버스 차창에 머리를 기댄 채 생각에 빠진 사람
무너진 담을 넘어가는 개

겨울의 빛은 손대면 깨질 것만 같다

사람들은 춥다, 추워, 말하면서 자꾸 뛰는데
그게 어쩐지 즐거워 보였고

잠시 웃고 떠드는 사이에 어두워지는 하늘
낮은 해가 만드는 긴 그림자

아직도 발견되지 않은 사람이 하나 있었고

그날 내가 주워온 것은
누가 이미 손대어 깨진 조각 죽어 있는 빛

흐리고 흰 빛 아래 우리는 잠시

조명 없는 밤길은 발이 안 보여서 무섭지 않아?
우리가 진짜 발 없이 걷고 있는 거면 어떡해

그게 무슨 농담이라도 된다는 것처럼
너는 어둠 속에서 말했지

집에 돌아가는 길은 멀다
가로등은 드문드문 흐리고 흰 빛

이거 봐, 발이 있긴 하네

흐린 빛 아래서 발을 내밀며 너는 말했고
나는 그냥 웃었어

집은 아주 멀고, 우리는 그 밤을 끝없이 걸었지
분명히 존재하는 두 발로 말이야

발밑에 펼쳐진
바닥 없는 어둠을 애써 모르는 척하면서

구자불성

사랑하는 동물들 인간들 다 떠날 때까지
나는 너무 오래 살았구나

모르는 개 모르는 아이 모르는 부모가 공원을 걷는다
그들은 가족처럼 가깝다

그러다 짧은 산책로를 벗어나면 멀어지는 사람들
홀로 남는 개가 하나

사람들은 동물에게도 마음이 있다고 믿는다
자신에게도 마음이 있다고 믿는 것처럼

개는 또 사람을 쫓고 또 잠시 가깝고

개에게도 불성이 있습니까
예전에 누가 물었다는데

홀로 남은 개 한 마리가 이쪽을 보고 묻는다
거기서 혼자 뭐하시냐고

그냥 숨쉬고 있어요,

나도 모르게 대답하고 말았네

명경지수

(명상에 좋은 음악이 들려온다)

긴장을 풀고 어깨를 떨구세요 팔은 늘어뜨리고 열 개의 발가락부터 차분히 느껴보세요 여기 있구나 이게 내 발가락이구나 그렇게 온몸을 천천히 감각하세요 몸과 마음이 지쳐있을 때 큰 도움이 됩니다

(실외의 빛이 안락의자를 향해 떨어진다 물소리, 바람소리, 풍경소리 같은 것이 음악과 섞인다)

나는 안락의자에 누워 눈을 감고 있다 어쩌면 선생님도 눈을 감고 있을지 모른다 이곳은 시내에서 멀리 떨어진 병원이고 먼 미래의 내 집이다 선생님은 마음이 무엇인지 궁금하고 내 미래의 남편이 되리라 생각하고 있다

(어둠 속에서 빛의 유령이 일렁이는 이미지
실외에는 빈 유모차와 말을 잘 할 줄 모르는 하느님)

다른 선생님은 이렇게 말했다 자기 분석을 그만두시는 편이 좋아요 또다른 선생님은 이렇게 말했다 언젠가는 끝날 것이라 믿어야 해요

(바깥은 이상할 정도로 조용하다 언제부터 사람이 없던

것인지 생각하지 말아야 한다)

  안락의자에 누워 있는데 발가락이 느껴지지 않는다 나는
안락의자를 생각하면 오규원의 시가 생각난다 읽다보면 너
무 딱하고 슬퍼지는 시 어쩌면 이런 게 내 어려움의 원인
일 것이다

  (눈을 감고 있으면 미래를 상상할 수 있다 화장터에서 나
의 남편이 나의 유골함을 손에 드는 장면이 그려진다)

  숨을 깊게 들이쉽니다 천천히 뱉으세요 다시 천천히 들이
쉽니다 선생님의 목소리는 계속되고

  (음악소리가 점점 커진다 음악은 교실에 오기 전부터 들
려오고 있었다)

  눈을 뜨세요 아예 주무셔버리면 어떻게 해요
  눈을 떴을 때는 주위에 아무도 없었으나 나의 정신은 맑
은 물과 같았다

공리가 나오는 영화

시간을 나누고 함께 밥 먹고
또 때로 함께 잠드는 이것이 사랑이라니

군부대 생활관에서는 많은 사람들이 사랑을 하네
그게 아니라면 당신들이 군인이겠지

무료한 젊은이들은 티브이에서 흘러나오는 영화를 말없
이 보네

어쩐 일인지 그건 공리가 나오는 영화였는데
그게 〈붉은 수수밭〉인지 〈귀주 이야기〉인지는 지금도 잘
모르겠네

"이거 보자고 한 사람 누구야"

영화가 끝나고 젊은이 중 하나는 화를 냈는데
사실 그건 영화를 보자고 했던 것이 부끄러워 꺼낸 말

공리가 나오는 영화는 감동적이었지만, 젊은이들은 다들
눈가에 물기가 어린 채 말이 없었네

"미안해, 내가 그랬어"

다른 젊은이가 침묵을 깨고 사과를 했네 갑자기 혼자서 엉
엉 울었네 밤늦은 시간이 되어 모두 잠들어야만 했고

군부대 생활관에서는 많은 사람들이 사랑을 했네
그게 아니라면 당신들이 군인인 것이다

자율주행의 시

서울에 새로 생긴 미국식 중식당에서
함께 식사를 했지

대단한 맛은 아니었지만 그게 함께하는 첫 식사였지

(같이 밥을 먹으면 친밀도가 높아지고 친밀도가 높아지면
그전까지는 불가능했던 일도 할 수 있게 된다

결혼을 한다거나
지구를 구한다거나

숨겨진 엔딩을 발견할 수도)

"아무 일도 일어나지 않는다"

식사 이후에 나온 포춘쿠키 안에는 그렇게 적힌 쪽지가
있었다

그 순간 실내는 시시한 영화의 한 장면처럼 음소거되고
사람들은 조금 느리게 움직이고

공중을 떠다니던 먼지들조차 멈춘 것만 같았다
정말 이게 영화였다면 어딘가에 타이틀이 떠오르겠지

그러나 어리둥절한 얼굴로 서로를 바라보아도
오프닝 음악이 흐른다거나, 커다란 타이틀이 화면을 채운
다거나 하는 일은 없었지

사람 가득한 거리에서 손을 잡고 걸어도 아무 일도 일어
나지 않았네

긴 하루를 보내고 같은 집에서 그와 함께 밥을 먹고 잠들
어도
우리 삶에 펼쳐진 무수한 난관을 모두 이겨낸 후에도

아무 일도 일어나지 않았지만
다음날도 그다음날도 함께 밥을 먹었지

외투는 모직 신발은 피혁

비 오는 겨울 저녁, 우산이 없습니다
흠뻑입니다 흠씬입니다

마음속에 정원이 있다면
작은 돌들이 구르고 깨질 텐데

저는 마음이 없군요 사람도 아니군요
우산을 쓴 사람이 바지를 입은 사람에게

"진심이야?"
묻고 있습니다

저는 그냥 빗속을 걷습니다
무심하게 걷습니다

비도 가득 마음도 가득 가로등도 가득 돌도 가득
그런 것이 신도시의 비 오는 저녁 풍경이고

전광판에는 사람이 미래라고 적혀 있습니다
"너도 사람이야? 네가 인간이야?"

사람이 사람에게 자꾸 사람이 맞느냐고 묻는 광경이 하염
없이 펼쳐지면 저녁은 깊어지고 비바람은 거세집니다

가도 가도 사람뿐인 이 도시에서 잠시
없지만 따뜻한 마음과
없지만 작은 정원을 생각합시다

명상합시다

……맑은 날 잔디밭에 둘러앉아 음식을 나누는 학생들과
어쩐지 한국에서는 보기 어려운 홈 파티의 풍경, 이유 없이
웃는 사람들 사이에서 홀로 어두운 눈의 아이가 하나

눈을 뜨면 여전히 겨울비가 쏟아집니다

사람이 먼저라고 말하는 사람과
나중에라고 말하는 사람들 사이에서

비인간은 걷겠습니다
생각 없이 걷겠습니다

몸이 차서 이가 자꾸 부딪치는군요
그래도 걷겠습니다 주머니 속 작은 돌을
손에 꼭 쥐고

그릇 없어요

사람들이 그릇을 나른다
그릇은 흙속에서 끝이 없다

그릇이 나오면 일을 모두 멈춰야만 하고 로마나 경주에서
는 이런 일이 잦다고 했다

공사는 중단되었어요 이제 집으로 돌아가세요
그런 말을 들었는데

어쩌지 집에는 돌처럼 굳은 빵과 맹물에 가까운 수프뿐인
데 그걸 담을 그릇이 없는데

그릇이 없어요
그릇이란 그릇은 다 가져갔어요

그는 거실에 주저앉아 말했다 집은 춥고 어둡고 먼지가 많
다 사람이 오래 살지 않은 곳 같다

다시 집 밖으로 나오니 눈이 펑펑 내리고 있었다
그릇과 함께 겨울이 성큼 다가온 것이다

그릇이 자꾸 늘어나서 이제 온 세상이 그릇 천지다

사람들은 그릇을 나르느라
정신이 없고

어떤 사람들은 그릇을 던지며 놀고 있었는데

눈이 아주 푹신해서 그릇이 깨지지 않았다

내가 아는 모든 것

책을 펼치면 사람들이 무슨 일인가를 하고 있다 그게 참
재미있다 서로 사랑하기도 하고 개를 끌고 나오기도 한다
때로는 세상을 구하거나 끝낼 때도 있는데 그게 무슨 뜻인
지는 모른다 내가 아는 것은 그게 진짜는 아니라는 것

이것은 네가 쓴 책의 부분이다

하늘이 푸른데 하늘이 푸르다고 책에 쓰여 있다 마음이 무
너졌는데 슬픔에 빠져 매일 술에 취해 있다고 쓰여 있다 내
영혼의 불꽃, 그렇게 쓰여 있다 눈밭 위의 고독이라고도 쓰
여 있다 너에 대해 내가 아는 모든 것은 책에 있는 것

멀리 지나가는 새들의 이름이 책에 있다 새의 모양과 생
활사도 있다 책을 덮으면 새를 무서워하는 네가 있고 흘러
가는 시간이 있고 새가 지나갔으나 보이지 않는 궤적이 있
다 그것들은 모두 내가 모르는 것

너는 사람들이 잠들면
아주 큰 책이 나타나 모든 것을 덮기 시작한다고 썼다

책의 그림자가 모든 것에 드리워 밤이 깊어지면 모두가 이
름을 갖게 되고, 모두가 하나의 책에 들어가게 되고, 아주
큰 책은 더 큰 책이 된다고도 썼다

새 한 마리가 우리 머리 위를 맴돌다 떠나간다
내가 아는 것은 그 새의 이름을 모른다는 것

새가 울면 아침이 온다 아침이 오면 책이 펼쳐진다 책을
펼치면 사람들이 무슨 일인가를 하고 있겠지 더 큰 책 안에
서 나는 그렇게 생각하고

그것을 내가 알고 있었다 그게 참 이상했다

없는 저녁

어느 저녁 정약용이 친구 이서를 불러 어두운 실내에 다른
물건들을 물리고 촛불과 국화만을 두니 놀라운 문양이 벽면
에 나타나 그 기이한 모습을 밤새 즐겼다고 한다

그렇군요 그런 사랑도 있는 법이군요

찻잎이 혼자 선다거나
멀쩡한 그릇이 혼자 깨지기도 하지만

해가 길어진 여름 저녁 거실 벽에 생긴 그림자를 보고도
이제는 놀라지 않습니다

식탁 위에는 내가 먹지 않은 음식들
깨지지 않은 그릇을 부시며 생각합니다

깨지지 않은 그릇을 부수며 통곡합니다

당신의 어둠이 당신의 존재와 반대 방향으로 기울어지는
군요

"기이하다. 이야말로 천하의 빼어난 경치로구나"

정약용과 이서는 밤새 술을 마시고, 또 시를 읊었습니다

만 이제 아무도 시를 읊지는 않겠지요

　　혼자 흔들리는 그림자가 있고
　　그걸 보며 밤새 우는 사람이 있고

　　그걸 사랑이라 칠 수는 없겠지요
　　하지만 그러지 못할 것도 없겠습니다

리스토어

올해로 너는 서른둘이다 네가 죽은 것은 스물다섯이었다
우리는 함께 섬으로 가기로 했다

겨울비가 하염없이 내리고
빗소리에 묻혀 파돗소리는 들리지 않고

되게 세상 끝난 것 같네
웃으면서 말하는 네 목소리만 남았고

그것은 녹화된 풍경의 일부로 거기에 너의 모습은 들어
있지 않으며

겨울 마른하늘이 찢어지는 소리
아니면 건물에 금가는 소리

비는 계속 내린다
영상은 비가 그치기 전에 멎는다

비가 계속 내린다

믿음으로 하나 되어

고지서가 날아와서 관청에 찾아갔어요 어떻게 된 일이죠
저에게는 가족이 없고 재산이 없고 가진 것이라고는 쓰러져
가는 집과 늙은 개 한 마리뿐입니다 그러나 관리는 정말 가
진 것이 그것뿐인지 잘 생각해보라 말했어요

집으로 돌아가는 길에 곰곰이 생각했습니다 그러나 늙은
개를 위해 만든 개집을 빼면 정말로 생각나는 것이 없었어
요 일은 모두 끊겼고 날은 몹시 추웠어요 집은 외풍이 끊
이질 않아 개집에 들어간 개를 불러 끌어안고 함께 잠들었
습니다

그날 밤 꿈에는 폭설의 대법관이 나타나 영원히 그치지 않
는 눈보라 형을 선고했어요 식은땀을 흘리며 깨어나니 다시
어두운 실내였고 개는 품속에서 숨이 꺼져가고 있었습니다
저는 무엇을 죽여야만 하는지 깨달았어요

잃어버린 천사를 찾아서

이것이 드라마나 영화라면 지금이 마지막 장면일 것이다
영대의 얼굴에 드리운 거리의 빛을 보며 형식은 생각한다

겨울밤
사람들의 입에서는 조금씩 영혼이 흘러나오고 있다

조명이 꺼진 실내로 크리스마스캐럴이 흘러들어오고 있
었고, 형식과 영대 두 사람은 서로를 사랑할 준비가 되어
있었다

저 사람들은 다 어디서 왔을까
어떻게 이 작은 땅에 저렇게 많은 사람이 살고 있을까

형식은 사랑을 시작하려다 말고 밖을 보며 생각한다
그것은 갑자기 찾아온 침묵을 견디기 위한 것이었다

이런 때를 천사가 찾아온 것이라 한다고, 형식은 영화에
서 들은 말을 떠올린다 그 또한 영화의 마지막에 가까운 장
면이었다

밤은 고요하고 거룩한데
사람들은 아직 어디로도 가지 못하고 밤을 헤매고

말 없는 영대의 입에서 영혼의 흐린 빛이 흘러나왔다

침묵의 천사가 이 자리에서 우리를 찾아와 다시 떠나고
있다
형식은 그렇게 생각했고

그것이 이 장면을 구성하는 유일한 사실이었다

잃어버린 자전거를 찾아서

나에게도 자전거가 있었네 나는 자전거를 탈 줄 모르지만
나에게는 자전거가 있었네 검은색 알루미늄 몸체, 그리고
바구니가 앞에 달린 그런 옛날 자전거

여름밤에도 타고 달리고
눈 내리는 아침에도 타고 달리고

비에 젖고 바람에 다 삭아버린 자전거, 꼴은 사나워도 그
럭저럭 타고 다닐 만한 자전거가 내게도 있었네

하늘이 분홍빛이던 가을 초입 어느 저녁, 그때도 자전거
를 생각했네 꽃들이 바람에 흔들리고 물가는 반짝이던 때
그를 뒤에 태우고 하교하던 어린 날이 있었네

그런 날은 내게 없지만
분명하게 떠오르는 그의 체온과 무게가 있었네

탈 줄도 모르는 내 자전거
잃어버린 적도 없는 내 자전거

나에게도 자전거가 있었네 그렇게 자꾸 말하다 영원히 그
리워진 그런 자전거가 내게도 있었네

느린 사랑

품속에 있는 것은 오늘의 일당 나의 전 재산 그렇게 마음
먹고 거리로 나선다

삼성타워 아래
저녁
그는 아직 오는 중이라고 했다

통행 차량 많음
초미세먼지 나쁨

지나가며 나를 쳐다보는 사람이 있다
위아래로 훑어보는 사람이 있고

불만은 없음
사랑도 없음

흘러가는 저녁에 마음을 기대고 그저 눈감고 싶은 고독도
없고 무너질 듯 애처로운 자세로 스스로도 무엇인지 모르는
것을 바라는 비극도 없다

마음이 깨질 것 같은 사람이 길을 물어서
아뇨 저는 몰라요 그렇게 답했다

그때는 그 사람의 마음이 깨질 줄은 몰랐지만

삼성타워 아래
저녁

이 밝은 종로 한가운데 이상하게 어둑한 곳 과거에는 여기서 사람들이 모여 어딘가로 향했는데

삼십 분이나 지나 도착한 그는 국밥이나 먹으러 가자고 했다 그때 그는 참 마음이 가난해 보였고, 마치 품속의 전 재산을 잃어버린 사람 같았으며

나는 그게 참 안심되었다

내 친구의 집은 어디인가

용수는 내 친구, 어릴 적에 자주 놀았다
골목에 온종일 나와 있었다

주말 아침에도 용수가 있었고
저녁의 귀갓길에도 용수가 있었다

용수를 만나면
시간 가는 줄 모르고 잠자리도 잡고 돌도 던졌다

여우비 맞으며 술래잡기하던 날,
나는 용수가 나를 찾지 못했으면 해서 집으로 돌아갔다

그후로 용수를 다시 볼 수 없었고
지금도 맑은 날에 비가 내리면 그때가 떠오른다

누가 내게 첫사랑에 대해 물으면
나는 이 이야기를 들려준다

그렇다면 이것을 나의 영원이라고 하자

전승민(문학평론가)

그런데 그 수박은 뭐였을까? 그가 질문을 꺼내자 설명할 수 없는
침묵이 그날의 저녁을 가득 채우기 시작했다

그후로 우리의 삶은 결코 해명되지 않은 작은 비밀을 끌어안은
채로 계속된다

잠들기 전 끝없이 이어지는 생각의 끝에도
무심코 올려다본 하늘이 너무 아름다워 놀라는 순간에도

그 여름은 뭐였을까, 자꾸 생각하게 되고

우리의 생활은 여름밤의 반딧불이 점멸하다 사라지는 것처럼
갑작스럽게 끝나게 된다
—「인화」부분

사랑을 위한 아이러니

황인찬은 직전의 시집 『사랑을 위한 되풀이』(창비, 2019)
에서 어느 여름날의 바닷가에서 한창 사랑에 빠져 있던 두
남자의 이야기를 들려준 바 있다. 함께 해변에서 본 불꽃놀
이를 차마 함께 보았다고 말하지 못하여서 다만 두 "손을 잡
은 채로,/ 손에 매달린 아름다운 것을 서로 모르는 척"(「이

것이 나의 최악, 그것이 나의 최선」)하는 연인들의 장면은
무한히 반복 재생된다. 여름날 두 남자의 사랑은 사랑으로
명명되지 못한 채로 사랑이 되고 그것은 계속해서 '되풀이'
된다. 재현의 반복 가능성은 시작과 끝의 부재를 담지한다.
다시 도착하는 '시작'에 의해 끝은 '끝'이 아니게 되며, 매번
선포되는 '끝'에 의해 시작은 또한 시작일 수 없게 되는 순
환 구조인 셈이다. 그렇다면 사랑이 되풀이된다는 것은 모
든 순간의 유예-일시정지라고 할 수도 있겠다. 절정을 거부
하는 연인들은 최대치의 행복이 탄생시킬 허무와 쾌락의 추
락을 회피한다. 두 사람의 관계는 반복적으로 정지되고, 반
복적으로 재생된다. 영원은 계속해서 재생되는 방식이므로
어느 시퀀스로든 언제나 돌아갈 수 있는 반복 속에서 태어나
곤 했다. 물론, 지금도 그러한 듯하다("이 이야기는 이제 끝
없이/ 새롭게 시작되는 이야기니까", 「철거비계」). 한데 이
렇게 되풀이되는 사랑 속에 자신과 연인을 고의적으로 유폐
시켰던 화자는 누군가가 반복을 중단해주기를 바라는 내심
을 무의식중에 드러낸다. 그러니까, 『사랑을 위한 되풀이』는
두 남자의 손에 들린 아름다운 것을 모르는 척하지 않고, 저
것이야말로 아름다운 것이라고, 저것이 우리의 사랑이라고
명명해주기를 바라며 영원 속에 거주하고 있는 한 여름날의
이야기라고 할 수 있다.
　새로운 시집 『이걸 내 마음이라고 하자』로 돌아온 남자는
이제 스스로 그 사랑의 얼굴을 드러내고자 한다. 그간의 사

정과 비슷하게, 이번에도 최초의 사랑은 학교에서 시작된
다.「왼쪽은 창문 오른쪽은 문」은 남자가 자신의 첫사랑을
수줍게 꺼내어놓는 시다. 교실의 왼편에는 창문들이 늘어서
있고 그 '창문'의 오른쪽은 '문'이다. 교실 안에는 "머리가
큰 천사가 둥둥 떠 있고/ 미사일과 운석이 격돌"하는 파괴
적인 풍경이 소리 없이 펼쳐지고 있다. 그러나 중요한 것은
천사와 미사일과 운석이 아니라 '너'의 좌표가 '나'의 왼쪽
이라는 확실한 사실이다. '너'의 목덜미에서 쏟아지는 빛이
나의 시야를 압도해버리기 때문이다.

　　교실 뒷문을 반쯤 연 채
　　창가에 앉은 너를 하염없이 쳐다만 보던 날
　　빛을 받은 너의 목덜미가 하얘서 혼자 놀랐던

　　그것이 나의 처음이었고
　　　　　　　　　　　—「왼쪽은 창문 오른쪽은 문」 부분

　그런데 '나'가 '너'의 빛 속에서 말을 잃고 있는 동안 생뚱
맞은 누군가의 목소리가 갑자기 틈입한다. "당신의 시에는
현실이 없군요". 시에 현실이 없다면 남자가 쓰는 이 사랑
시도 현실의 것이 아닐 테다. 화자의 사랑을 부서뜨리고자
하는 이 외부의 목소리는 "미사일과 운석"을 발포하고 던지
던 천사의 것인 듯하다. 남자는 당혹스러움을 감추고 차분

히 대답한다. "현실에는 당신이 없는데요". 천사가 갑작스
럽게 던지는 시적 현실에 대한 일갈은 남학생이 친구에게
반하는 첫사랑의 설레는 순간을 무자비하게 집어삼킨다.
화자의 사랑은 현실에서 용인되지 않는 금지의 사랑, 혹은
비현실적이라고 종종 말해지는 층위의 것으로 보인다. 자
신의 사랑을 무너뜨리고자 하는 폭력적인 천사의 말 앞에
서 화자는 그러나 조금도 머뭇거리지 않고 오히려 '나'의 현
실에 천사는 부재한다고, '나'의 현실을 부정하려는 존재를
역으로 부정한다. 해변에서 주운 아름다운 것을 모르는 척
하던 남자는 이제, 최초의 사랑부터 다시, 지켜내고자 하는
반격을 준비한다.

그의 사랑과 시적 현실이 맺는 관계는 「내가 아는 모든
것」에서 잘 드러난다. 사람들은 현실이 아니라 책 속에서
사랑하고, 개와 산책을 한다. 화자는 물론 섣불리 말하지 않
는다("그게 무슨 뜻인지는 모른다 내가 아는 것은 그게 진
짜는 아니라는 것"). 다만 "이것은 네가 쓴 책의 부분이다"
라고 말해두며, 자신이 '아는 것'과 '모르는 것'이 무엇인지
를 설명한다.

하늘이 푸른데 하늘이 푸르다고 책에 쓰여 있다 마음
이 무너졌는데 슬픔에 빠져 매일 술에 취해 있다고 쓰여
있다 내 영혼의 불꽃, 그렇게 쓰여 있다 눈밭 위의 고독
이라고도 쓰여 있다 너에 대해 내가 아는 모든 것은 책

에 있는 것

　　멀리 지나가는 새들의 이름이 책에 있다 새의 모양과 생
　활사도 있다 책을 덮으면 새를 무서워하는 네가 있고 흘
　러가는 시간이 있고 새가 지나갔으나 보이지 않는 궤적이
　있다 그것들은 모두 내가 모르는 것
　　　　　　　　　　　　　　　　—「내가 아는 모든 것」 부분

　　화자가 아는 것은 책에 기록된 것들이며(달리 말하면 책
에 쓰여 있으므로 그는 안다) 그가 모르는 것은 "새를 무서
워하는" '너'와 "흘러가는 시간", 그리고 "새가 지나갔으나
보이지 않는 궤적"이다. 요컨대 '나'는 '너'의 현재와 시간,
현실에 대한 '너'의 반응을 모르고, 내가 그것을 모르는 이
유는 책에 없는 것들이기 때문이다. '내'가 '너'에 대해 아는
것은 "책에 있는 것"에 한한다. 만일 책을 하나의 은유로 본
다면 남자가 말하는 '책'은 시라고 말할 수도 있을까. '나'는
재현된 것만을 볼 수 있다. 그러니 그에게 시란 현실을 재현
하거나 모사하는 도구가 아니며, 오히려 역으로 현실이 시
로써 재현되며 구성되는 것이다. 시로 쓰이지 않은 세계에
대하여, 그것의 총체인 '너'에 대하여, '나'는 다만 모른다는
겸손한 태도로 그를 사랑한다.
　　그러므로 시인에게 '너'를 사랑하고 '너'를 알아가는 일은
곧 '책'을 써내려가는 일이다. 황인찬의 시론은 그의 사랑론

과 다름없다. 그런데 그에게 '책'을 쓰는 일은 이야기'하는' 일이 아니라 '듣는' 일이다. '나'의 발화는 '너'의 이야기–시 가 끝나고 나면 그때부터 시작될 수 있다("이야기를 들려줘 (……) 빠짐없이 들려줘 (……) 더는 말할 것이 남지 않을 때까지 말해줘/ 기억나지 않는 것까지 다 이야기해줘", 「철 거비계」). 그의 시적 재현은 '내'가 아는 것을 기록하는 것이 아니라 '너'의 순간 한가운데로 들어가 '내'가 모르는 것이 무엇인지 들여다보는 일이다. 가령, 끝없이 어디론가로 조용히 떠나려는 '너'의 마음을 알기 위해 그는 '너'를 시 속에서 반복적으로 떠나보낸다("너는 멀리 떠나기로 결심했다", 「마음」). 역설적으로 시인의 인식은 재현보다 앞서 있지 않다. 시인은 시로써 현실을 재현한 후에야 현실에 거주할 수 있다. 그는 정말로 시(詩) 속의 사람(人)인 셈이다.

세계를 인식한 후에 시를 쓰는 일이 가능한 것이 아니라, 쓰고 나서야 세계를 인식할 수 있다면 삶과 죽음 또한 마찬가지가 된다. "사랑이 끝나고 삶이 다 멈추면/ 이제 내가 말할 차례가 온다"(「철거비계」)고 말하는 그의 시쓰기는 그러므로 삶이 종료된 후에야 도래할 것이고, 따라서 시인은 강박적일 정도로 죽음을 불러올 수밖에 없다. 요컨대 그에게 죽음은 죽어 있음이 아니라 오히려 시쓰기를 가능하게 하는 시적인 살아 있음과 같다. '죽은 새'(「밝은 방」)와 '유령'(「흰 배처럼 텅 비어」)은 죽음을 방증하는 살아 있는 실존이다. 지난 시집에서 죽음을 향한 충동을 언뜻언뜻 내비치던 시인은 이제 본격적으로 죽음을 소환한다. 곧 사라질 '너'를 데리러 온 '천사들'(「밝은 방」)은 시집 여기저기를 날아다니고 '너'는 실제로 죽고 만다("네가 죽은 것은 스물다섯이었다", 「리스토어」). 끝을 두려워하며 시작을 명명하지 않고 그리하여 시작과 끝이 오지 않는 무한한 사이 공간에서 영원히 반복 재생되던 어떤 사랑을 기억할 테다. 시인은 이제 새로운 방어적 몸짓으로 나아간다. 보다 적극적인 방어이자 회피의 선택이라고도 할 수 있는데, 그것은 '미리' 죽어버리는 일이다.

이 밝은 종로 한가운데 이상하게 어둑한 곳 과거에는 여기서 사람들이 모여 어딘가로 향했는데

삼십 분이나 지나 도착한 그는 국밥이나 먹으러 가자고 했다 그때 그는 참 마음이 가난해 보였고, 마치 품속의 전 재산을 잃어버린 사람 같았으며

나는 그게 참 안심되었다
—「느린 사랑」 부분

잃는 것을 두려워하거나 슬퍼하지 않고 오히려 잃고 난후에 안심하는 이유는, 잃어버린 후에는 잃어버릴 가능성이 완전히 차단되기 때문이다. 시인에게 시쓰기가 삶 이후에 시작되듯이, 그의 사랑도 상실 이후에야 도래하는 것으로

보인다. 황인찬의 세계는 낭만적인 역설로 가득하다.

> 여우비 맞으며 술래잡기하던 날,
> 나는 용수가 나를 찾지 못했으면 해서 집으로 돌아갔다
>
> 그후로 용수를 다시 볼 수는 없었고
> 지금도 맑은 날에 비가 내리면 그때가 떠오른다
>
> 누가 내게 첫사랑에 대해 물으면
> 나는 이 이야기를 들려준다
> ─「내 친구의 집은 어디인가」 부분

'나'가 용수와 놀다가 숨어버리는 것은 용수에게 자신이 영원히 찾아야 할 대상으로 유표화되고자 하는 욕망 때문이다. 잃어버린 대상은 부재의 자리에서 그것의 실존적 근거를 마련한다. 그러니 여기에서의 사랑이 그저 사랑이 아니라 '첫'사랑인 이유는 그런 방식으로 상대방의 세계 속에 자신의 주소를 만드는 것이 성숙하지 않다는 것을 그가 알고 있기 때문이다. 존재의 현 상태를 확정할 수 없는 항상적인 상실의 상태는 양자적이다. 그것은 부재하면서 동시에 공존한다. 사랑에 대한 불안, '너'의 세계에 내가 연루되어 있다는 확실성은 반감된다. 그래서 시인은 이제부터 확실한 부재로써 '너'와 '나'를 엮고자 한다. 그 시적 방편이

바로 죽음인 것이다("당신은 지금 죽었습니다", 「당신 영혼의 소실」).

돌들이 구르는 정원에서

그렇다고 해서 남자가 '너'를 사랑하는 최선의 방식이 죽음과 부재, 상실인 것만은 아니다. 죽음을 끌어안고자 하는 선택은 상실에 대한 두려움이 불러일으킨 방어기제였으니 말이다. "아무 일도 일어나지 않는"(「자율주행의 시」) 것은 그래서 권태가 아니라 안도와 안심의 상태가 된다. 황인찬의 세계에서 가장 거대한 시적 사건은 상실이므로 아무 일도 일어나지 않는 상황은 도리어 상실이라는 문제적 사건이 죽음 속에서 해소되는 평화로운 국면일 따름이다("부활은 안 할게요", 「당신 영혼의 소실」). 만약 '너'를 잃어버리지 않을 수 있다면, 그 함께 있음이 언제나 확실하게 보장될 수 있다면 죽음은 별 볼 일 없는 게 되는 것이다.

그렇다면 시적 현실은 '나'의 사랑이 영원할 것에 대한 기대를 계속해서 파괴하는 폭력의 세계일 테다. '나'에게서 '너'를 앗아가기 위해 찾아온 '머리 큰 천사'(「왼쪽은 창문 오른쪽은 문」)를 기억할 것이다. 애인의 손을 잡고도 잡지 않은 것처럼 망설이던 황인찬의 여름 이전에는 코트깃을 잔뜩 여며도 따귀를 때리는 것 같은 냉혹한 겨울이 있었다.

비 오는 겨울 저녁, 우산이 없습니다
흠뻑입니다 흠썬입니다

마음속에 정원이 있다면
작은 돌들이 구르고 깨질 텐데

저는 마음이 없군요 사람도 아니군요
우산을 쓴 사람이 바지를 입은 사람에게

"진심이야?"
묻고 있습니다

(……)

전광판에는
사람이 미래라고 적혀 있습니다

"너도 사람이야? 네가 인간이야?"

사람이 사람에게 자꾸 사람이 맞느냐고 묻는 광경이 하
염없이 펼쳐지면 저녁은 깊어지고 비바람은 거세집니다

가도 가도 사람뿐인 이 도시에서 잠시
없지만 따뜻한 마음과
없지만 작은 정원을 생각합시다

(……)

눈을 뜨면 여전히 겨울비가 쏟아집니다

사람이 먼저라고 말하는 사람과
나중에라고 말하는 사람들 사이에서

비인간은 걷겠습니다
생각 없이 걷겠습니다

몸이 차서 이가 자꾸 부딪히는군요
그래도 걷겠습니다 주머니 속 작은 돌을
손에 꼭 쥐고
                           ―「외투는 모직 신발은 피혁」 부분

  화자는 우산 없이 온몸으로 떨어지는 겨울비를 '흠씬' 맞
고 있다. 그래도 그의 마음속에는 예의 "돌"들이 굴러다닌
다. 사랑하는 사람을 잃고 싶지 않아 물레를 돌리며 긴 이름
을 짜고, 죽음을 미루는 "끝없는 이름을 가진 돌돌이"(「우

주 세기의 돌돌이」)가 굴러다닌다. 그런데도 누군가는 화자를 두고 마음이 없다고, 사람도 아니라고 말한다. 인간성의 진위를 판별당하는 중인 화자는 새삼 '사람'으로 우글거리는 이 도시의 인간됨을 말없이 골똘히 생각한다. "사람이 먼저라고 말하는 사람과/ 나중에라고 말하는 사람들 사이에서" 비인간이 되고 만다("나를 발견한 사람은 여기 사람이 죽어 있다고 크게 외쳤다고 한다", 「공자의 겨울 산」).* 눈앞에 실존하는 '사람'에게 정말로 사람이 맞느냐고 거듭 묻는 어처구니없는 상황 속에서 그는 쉬이 분노를 드러내지 않고 다만 명상한다. 그러고는 계속해서 걷겠노라고, "생각 없이 걷겠"다고 선언한다. 우산이 없고 추위에 이가 덜덜 떨려도 "그래도 걷겠습니다"라고 말이다. 그의 주머니에는 작은 돌, 그가 그의 시와 삶과 죽음을 던져 온몸으로 사랑하는 그의 애인이 있으므로, 그는 계속해서 걷기로 한다.

길 위를 걸으며 존재의 실감을 여과 없이 드러내기로 결심한 퀴어는 이제 사랑을 '사랑'이라고 명명하기로 한다("금은 침묵이고 은은 웅변/ 돌은 사랑한다고 말하고 싶다", 「금과 은」). '돌'은 시를 쓰는 이 퀴어가 상실을 막아내고 죽음을 끌어안는 일을 불사하면서까지 영원한 것으로 지켜내고 싶은 단 하나의 사랑, 그것에 대한 은유다. 그는 "돌기둥"(「하

---

* 박소영, 「성소수자 인권은 '나중에'? 문재인 페미니스트 선언 현장서 무슨 일이」, 한국일보, 2017년 2월 17일자 참고.

해」)을 보며 떠난 이를 영원히 기다리는 "돌이 된 사람"을 생각한다. "저기요, 죽지 마세요"라는 누군가의 말로 시작하는「하해」는 성 소수자의 실존이 매 순간 죽음의 위협 속에서 가까스로 유지되는 현실을 환기한다. 해안 절벽을 바라보고 있는 두 남자가 감각하는 바다(海)의 아름다움은 마포대교(河)가 가진 '자살 다리'의 이미지와 병치된다. 퀴어들의 삶과 그들이 느끼는 삶의 아름다움은 "나중에라고 말하는 사람들"의 시선에서 삶의 정반대편에 있는 것, 죽음을 향해 전진하고 있는 것으로 간주되기도 하는 것이다.

누군가로부터 곧 다리 위에서 뛰어내릴 사람으로 오해받고(다리 위에서 그는 강의 윤슬을 보며 아름답다고 느끼던 중이었다), 비인간으로 상정되는 현실에 대한 화자의 반응은 바로 옆 페이지에 놓인「증오」가 대신 형상화하고 있다. 사무실에서 일하는 직원 '나'는 '표기'를 '표고'로 잘못 입력하여 "선생님"으로부터 지적을 받는다. 단어의 표기를 '표기'로 고치는 그에게 선생은 영혼의 문제를 들먹인다. "대체 뭐가 문제인 걸까요? (……) 역시 영혼일까요?" 뭇 사람들이 '성 소수자 인권은 나중에!'를 외칠 때도 아무 말 없이 걷던 그는 이번에도 역시 아무 말도 하지 않는다. 그저 조용히, "회사를 나와 오류동 집으로 돌아"갈 뿐이다. 그는 대꾸할 힘조차 없을 만큼 지쳐 있는 듯하다. '표기'의 표기를 '표고'라고 쓴 작은 실수에 대해 그의 영혼의 자질을 의심하는 선생에게 항의하듯 자신의 집—'오류'동으로 돌아간다. 그래요, 당신이 말하는 것처럼 내 존재의 본질 자체가 '오류'입니다, 라고 속삭이듯 말이다(그가 실제로 그곳에 사는지는 확신할 수 없다). 현실의 폭력은 시적 세계에서 재현됨으로써 다시 한번 현실이 된다. 『이걸 내 마음이라고 하자』가 발휘하는 정치성은 이런 것이다. 말하지 않음으로써 가장 강력한 현전을 발생시켜내는 것, 미리 잃어버림으로써 가장 확실한 실재를 만들어내는 것 말이다.

   퀴어의 사랑은 태어나자마자 검열당한다. 학교가 등장하는 일련의 시들은 제도와 공권력의 성 소수자 탄압을 '학교'라는 장소로 은유한다. 「단속과 정복」을 보자. 선도부가 생활 지도를 하며 교복 길이와 머리 길이를 검사하는데, 그 사이에서 "교복을 줄인 적도 없는 내가 겁을 먹고 있"다. "날 때부터 머리가 갈색이었어요/ 원래 이랬어요"라고 선생에게 조심스레 변명하는 '나'는 자신의 (염색하지 않은) 갈색 머리가 검열과 단속의 대상이라는 걸 너무도 잘 알고 있다. 존재의 특성에 대한 상시적인 검열과 단속은 그 존재를 복속시키는 효과를 낳고 폭력으로 쌓아올린 위계를 또다른 자연으로 합리화한다. 시인이 오랫동안 계속해서 써내는 '학교'와 '선생'이 등장하는 시편들(이 시집에서는 「미래 빌리기」를 예로 들 수 있겠다)은 퀴어가 생애 최초로 사랑을 감지하며 존재론에 대한 탐색을 시작하는 청소년기, 아름다우면서도 한편으로는 '어른'으로 위시되는 사회의 혐오 발화와 존재를 비가시화하는 여러 제도적

'학습'으로 인해 금세 무너질 수 있는 위태로운 시절을 반복적으로 형상화한다.

고요의 풍속은 영

황인찬이 가진 아이러니는 그가 바라 마지않는 영원이 이러한 폭력적인 시적 현실에서 실현되도록 하는 재현의 방식에 있다. 의미의 층위에서 삶과 죽음, 상실과 부재, 인식과 재현이 서로의 자리를 엎치락뒤치락하며 사랑의 역설을 만들어냈다면, 시적 재현 그 자체의 층위에서 황인찬의 아이러니는 이미지의 세계에 머물고 있다. 시인의 이미지는 은유의 기법과도 긴밀히 연결된다. 전통적으로 은유는 원관념으로부터 파생된 보조관념이 숨겨진 원관념을 대신하며 겉으로 드러나는 형식으로 재현된다. 그러나 이미지로 건설된 황인찬의 세계에서 은유는 오히려 드러내지 않음으로써 스스로를 은유로 만드는 비-유사성의 기법을 발휘한다.* 은유

---

* "예술의 이미지는 어떤 간극, 비(非)-유사성을 산출하는 조작이다. 눈으로 볼 수 있을 것을 묘사하거나 눈이 결코 보지 못할 것을 표현함으로써 어떤 생각을 의도적으로 명료하게 만들거나 모호하게 만든다. 시각적 형태들은 파악되어야 할 의미를 제공하거나 모호하게 만든다. (······) 첫째, 예술의 이미지들은 그 자체로는 비-유사성이라는 것 (······) 둘째, 이미지는 볼 수 있는 것에만 국한되지

가 발휘하는 이미지적 효과만을 남겨두고 원관념과 보조관념이 서로를 속박하는 유사성의 고리를 끊어둔다. 이것이 바로 황인찬의 시세계를 유일무이하게 탁월한 것으로 만드는 시적 기법이다. 가령, 퀴어의 순정한 사랑은 "돌"로 은유되고(심지어 그 '돌'은 「우주 세기의 돌돌이」의 '돌돌이'라는 개의 이름에서 나왔다), '오류동'은 존재의 '오류'이자 성 소수자의 '비천'한 지위로 이어지는데, 이때 은유가 작동하는 과정을 살펴보면 대상들 간의 유사성은 좀체 발견되지 않는다(가령, '돌'과 퀴어, 사랑은 각각이 지닌 일반적인 특성을 고려했을 때 서로 얼마나 닮아 있는가?). 시인은 이러한 비-유사성의 은유가 지닌 자유로운 이미지들을 시편 곳곳에 배치해두며 하나의 몽타주를 그려나간다. 그래서 시인이 자신의 시가 '은유'와 무관하다고 두 번이나 짚어주는 것이다("은유와는 무관하게", 「봄의 반」, "이 모든 것이 은유가 아니라면", 「벽해」). 우선 시 한 편을 보자.

눈이 펑펑 내리네요
장독대에는 눈이 쌓여 있고요

산수유가 붉어요

않는다는 것". 자크 랑시에르, 『이미지의 운명』, 김상운 옮김, 현실문화, 2014, 19쪽.

어디선가 본 듯한 그런 장면입니다

저는 이미지 속에서 메주를 쑵니다
　　　—「살아 있는 자의 마음속에 있는 죽음의 육체적
　　　　　　　　　불가능성」 부분

　시는 전형적인 이미지인 '하얀 눈'과 '붉은 산수유'의 대조
적인 배치("어디선가 본 듯한 그런 장면")로 장면을 만들어
나간다. 흐린 눈으로 일상적인 기시감 속에서 시를 읽어나
가던 독자는 세번째 연에서 당황하게 된다. 익숙한 서정시
이겠거니 하던 생각은 "이미지 속에서 메주를 쑵니다"라고
전해오는 화자의 급작스러운 고백으로 인해 단박에 깨져버
린다. 이때의 '이미지'는 눈과 산수유가 만들어내는 (우리가
이미 알고 있는) 평화로운 세계의 것이다. 그런데 그 세계
안에서 '메주를 쑨다'는 말을 들은 우리는 그 목소리의 주인
이 다름 아닌 시인이라는 것을 안다. 서정시의 포근함은 갑
자기 향토적인 느낌의 난해한 메타시로 변환된다.
　"이미지 속에서 메주를" '쑨다'는 말은 표면상으로는 앞
의 1, 2연에서 제시된 겨울의 마당 풍경 속에서 메주를 쑨다
는 의미이겠으나, 그것의 심층에는 '이미지'라는 개념이 소
리 없이 숨어 있다. 그래서 '메주를 쑨다'는 말은 실상 그 이
미지의 세계에서 '은유'들을 콩처럼 삶고 으깨는 시적 행위
를 뜻하게 된다. 계속해서 읽어보자.

강아지 발자국은 어지럽게 흩어져 있고
사람은 보이지 않는 세계

　그런 풍경을 아름답다고 믿는 사람이 심상의 바깥에 놓
여 있습니다

　(……)

　겨울이 가면 봄이 올 겁니다
　그가 돌아오면 직접 담근 장으로 저녁을 차려줄 겁니다

　(……)

　그리고 눈은 영원히 내립니다
　미래는 여전히 땅속에 묻혀 있습니다

　이 모든 것이 하나의 이미지로 고착되어 이어지겠지요
　　　　　　—「살아 있는 자의 마음속에 있는 죽음의 육체적
　　　　　　　　　　　　　　　불가능성」 부분*

---

* 밑줄은 인용자.

아마도 '돌돌이'라는 이름을 가졌을 강아지 한 마리가 눈 쌓인 마당 위를 활기차게 뛰어다니는 이곳에 "사람은 보이지 않는"다. 이때의 사람 없음은 1연과 2연에서 보여준 전통적인 서정의 장면과 「외투는 모직 신발은 피혁」에서 제기되었던, 퀴어가 현실의 절대적인 구성적 외부로 배치된 세계의 장면을 동시에 담지한다. 따라서 "그런 풍경을 아름답다고 믿는 사람이 심상의 바깥에 놓여 있"다는 문장 또한 두 개의 의미를 양자적으로 배태하게 된다. 먼저, "그런 풍경을 아름답다고 믿는 사람"은 1, 2연에서 그려진 서정의 세계를 아름답다고 말하는 사람일 수도 있으며, 혹은 "사람이 보이지 않는 세계"를 아름답다고 말하는 사람일 수도 있다. 전자는 시적 재현의 세계에서, 후자는 재현 이전의 것으로 상정된 현실의 세계에서 살아가는 사람일 테다. 한국의 사회·문화적 맥락을 고려할 때 전자와 후자는 대개 일치한다. 그러한 사람이 "심상의 바깥에 놓여 있다"는 말은 곧 심상, 다시 말해 이미지의 바깥에서 살아간다는 뜻이다. 요컨대 겉으로는 눈 내린 마당에서 돌아올 '그'에게 줄 된장을 담그고 있는 화자의 이야기로 읽히는 이 '서정시'는 사실상 그것이 품고 있는 서정을 내파하는 시인의 메타적인 자의식과 재현이 침투된 '새로운 서정'시다.

저간의 한국시가 유사성의 은유─동일성으로 접근해온 그 유사성의 단단한 결속을 황인찬은 비─유사성으로 퀴어하게 벌려두는 것으로 틈을 만들어 자신만의 세계를 만든다. 퀴어를 비인간으로 취급하는 사람("그런 풍경을 아름답다고 믿는 사람")은 이 세계에 출입이 허용되지 않는다. 그는 자신만의 퀴어한 서정으로 소수자의 사랑을 보존한다. 아마도 바깥의 그 '사람들'은 시인이 장을 담가둔 "장독대 속에 무엇이 들었는지도 모르는 채로" 그 퀴어한 사랑을 저도 모르게 "맛있게 먹"을 것이다. 그리하여 퀴어에게 도착할 '미래'는 "여전히 땅속에" 안전하게 "묻혀 있"게 된다. 한국인에게 된장은 필수품이 아니던가. 한국문학은 황인찬이 묻어둔 시를 읽으며 저도 모르게 퀴어한 식성으로 변화하는 중이다.

시집 곳곳에서 반짝이는 빛, "포장을 뜯고 나온 빛"(「잃어버린 시간을 찾아서」)은 시인의 카메라가 시적 현실을 이미지화하기 위해 터뜨리는 카메라 플래시의 빛이다("터지는 소리가 나고/ 빛이 보이고// 화면 위로 보이는 얼굴은 모르는 사람", 「받아쓰기」). 시적 재현은 그에게 랑그와 파롤로 이루어진 발화 행위라기보다 이미지를 현상하는 행위에 가깝다.* "강을 보는 동안에는 강물이 흘러간다고 생각"하지만 "그러나 사진 속에서는 그럴 수 없지요"라며 "그런 현실은 없지요"(「고요의 풍속은 영」) 하고 나직이 말해주는 시인의 목소리는 그가 자신의 시적 재현의 기술에 대해 직

---

* "볼 수 있는 것에는 이미지를 이루지 않는 것도 있으며, 오로지 말로만 이루어진 이미지들도 있다." 자크 랑시에르, 같은 책, 같은 쪽.

접적으로 말하는 대목이다. 시의 제목처럼, 『이걸 내 마음이라고 하자』의 세계는 멈춰 있는 '고요'가 이동하는 공기의 흐름인 바람이 되어 '풍속'이 측정되는 곳이다. 비록 그것이 0이라고 기록될지언정 측정 불가능한 대상이 되는 것과 측정의 대상이 되는 것은 존재론적 의미에서 완전히 다른 차원으로 넘어가는 작업이다.

앞서 읽은 시 「살아 있는 자의 마음속에 있는 죽음의 육체적 불가능성」의 마지막 행을 다시 보자. "이 모든 것이 하나의 이미지로 고착되어 이어지겠지요"는 메주를 쑤는 일만큼이나 의미심장하다. 언뜻 '고착'과 이미지의 평평한 개념이 만나 시적 대상이 납작하게 재현된다는 뜻으로 오독될 수도 있을 법한 이 문장은, 그러나 "이어지겠지요"라는 시인의 다정한 말에 의해 그가 창조하는 '영원의 아이러니'의 차원으로 올라선다. 고착된 이미지는 움직이지 않지만 시인의 목소리에 의해 그것은 흐르고, 정지와 운동이 충돌하며 발생시키는 이 아이러니가 바로 죽음을 불가능하게 만든다(시의 제목을 다시 떠올려보라). 시와 서정, 그리고 퀴어가 만나 만들어내는 새로운 서정은 바로 이런 것이라고, 황인찬은 말한다. 이곳에서 사랑은, 드디어 영원하다.

황인찬 2010년『현대문학』신인추천을 통해 작품활동을 시작했다. 시집으로『구관조 씻기기』『희지의 세계』『사랑을 위한 되풀이』『여기까지가 미래입니다』등이 있다. 김수영문학상, 현대문학상을 수상했다.

문학동네시인선 194
이걸 내 마음이라고 하자
ⓒ 황인찬 2023

1판 1쇄 2023년 6월 15일
1판 10쇄 2024년 11월 1일

지은이 | 황인찬
책임편집 | 김영수
편집 | 강윤정 이재현
디자인 | 수류산방(樹流山房) 본문 디자인 | 유현아
저작권 | 박지영 형소진 최은진 오서영
마케팅 | 정민호 서지화 한민아 이민경 왕지경 정경주 김수인 김혜원 김하연
        김예진
브랜딩 | 함유지 함근아 박민재 김희숙 이송이 박다솔 조다현 정승민 배진성
제작 | 강신은 김동욱 이순호
제작처 | 영신사

펴낸곳 | (주)문학동네
펴낸이 | 김소영
출판등록 | 1993년 10월 22일 제2003-000045호
주소 | 10881 경기도 파주시 회동길 210
전자우편 | editor@munhak.com
대표전화 | 031) 955-8888 팩스 | 031) 955-8855
문의전화 | 031) 955-2696(마케팅), 031) 955-2679(편집)
문학동네카페 | http://cafe.naver.com/mhdn
인스타그램 | @munhakdongne 트위터 | @munhakdongne
북클럽문학동네 | http://bookclubmunhak.com

ISBN 978-89-546-9337-0 03810

www.munhak.com

문학동네